ユン Yun
アトリエールを経営する【生産職】。
蘇生薬の制限解除素材の1つである
【サンフラワーの種油】を探している
「うわっと——これは……召喚石？」
Only Sense オンリーセンス・オンライン 20 Online

「私も試着するんですか!?」
「ユンちゃんとマミは、可愛いじゃない!。メガネが似合うコーデ!」
ミニッツ Minutes
タクのパーティーメンバーの回復役。ユンの試着に便乗してマミも試着させようと画策する
マミ Mami
タクのパーティーメンバーの魔女っ娘。ノリで試着につきあわされることに!?

「さぁ、撮影会と行くか！」
クロード Cloude
革と布を主に扱う裁縫師。
ユンの砂漠対策装備について相談に乗る
「ユン、ガンバレよ～」
タク Taku
武器収集が趣味の双剣士。
ユンの相談を受けて砂漠エリアに同行する

「次は、厄介なあっちだ！
――《魔弓技幻影の矢》！」

Only Sense Online 20
―オンリーセンス・オンライン―

アロハ座長

ファンタジア文庫

3060

口絵・本文イラスト　ｍｍｕ
キャラクター原案　ゆきさん

Only Sense Online

砂漠エリアとピラミッド

Only Sense Online オンリーセンス・オンライン 20

Only Sense Online Area Map
廃村
恐竜平原
飛竜山脈
桃藤花の樹
ホリア洞窟
クリス洞窟
第二の町
暗い森
墓地
湖
海
孤島

火山
北の町
高原&グランドロック
鉱山
山脈
第三の町
第一の町
小さな泉
湿地
迷宮街
荒野
N
砂漠

ユン Yun

最高の不遇武器【弓】を選んでしまった初心者プレイヤー。見習い生産職として、付加魔法やアイテム生産の可能性に気づき始め——

ミュウ Myu

ユンのリアル妹。片手剣と白魔法を使いこなす聖騎士《パラディン》で超前衛型。β版では伝説になるほどのチート級プレイヤー

マギ Magi

トップ生産職のひとりとしてプレイヤーたちの中でも有名な武器職人。ユンの頼れる先輩としてアドバイスをくれる

セイ Sei

ユンのリアル姉。β版からプレイしている最強クラスの魔法使い。水属性を主に操り、あらゆる等級の魔法を使いこなす

タク Taku

ユンをOSOに誘った張本人。片手剣を使い軽鎧を装備する剣士。攻略に突き進むガチプレイヤー

クロード Cloude

裁縫師。トップ生産職のひとりで、衣服系の装備店の店主。ユンやマギのオリジナル装備クロード《C》・シリーズ《S》を手がけている

リーリー Lyly

トップ生産職のひとりで、一流の木工技師。杖や弓などの手製の装備は多くのプレイヤーから人気を集める

序章　避暑地と妖精の名付け

「あっつーい。夏休みが終わったんだから、過ごしやすい気温になればいいのに」

「まぁ、最近は温暖化って言うし、残暑が厳しいからなぁ」

　夏休みが終わって、学校生活が再び始まる。

　そんな学校帰りに隣を歩く美羽《みう》は、手で扇《あお》いで風を送りながら、残暑に文句を言っている。

「帰ったら、クーラーの利《き》いた部屋でＯＳＯにログインしようっと……」

「ＯＳＯに逃げても、残暑はなくならないけどな」

「いいの！　涼しくなる夕方まで気持ち的に涼めれば！　それに、次の冒険先を決めたいからギルドホームでルカちゃんたちと相談してくる！」

「はいはい。俺も夕飯の下拵《したごしら》えしてから行くから、また後でな」

　そして、家に帰れば、制服から楽な格好に着替えた美羽が早々にクーラーの利いた自室に引き籠もり、ＯＳＯにログインしているのだろう。

「全く、美羽は……さて、夕飯は何にするかな」

俺は、自分と美羽の弁当箱を洗いながら、今日の夕飯を考えていく。

確か、冷蔵庫には野菜と挽《ひ》き肉、餃子《ぎょうざ》の皮があったので、ご飯と焼き餃子、それに中華風スープでいいだろう。

先に餃子のタネを皮で包んでおけば、後は焼くだけで済む。

それに多めに作った餃子を冷凍しておけば、水餃子や揚げ餃子などのちょっとした一品料理を追加する時に使える。

「そうと決まれば、やるか」

野菜をみじん切りにして、塩を振って水気を切るために絞る。

そして挽き肉に、醤油《しょうゆ》、塩こしょう、料理酒、擂《す》り下ろしたショウガなどの調味料と水気を絞った野菜も混ぜて肉タネを作り、それを餃子の皮で包んでいく。

「少し餃子の皮の方が余りそうだなぁ……まぁ、チーズを包んで揚げてお弁当に入れるか、それとも小さく切ってスープに入れるか」

ちょっとだけ余りそうな食材の使い道を考えながら、料理の下拵えを終えた俺は、綺麗《きれい》に皮で包んだ餃子を冷蔵庫に仕舞い、台所を片付けてから自室に戻ってＯＳＯにログインするのだった。

「よっと……さて、夕食までの間に素材の回収をしていくかな」

ＯＳＯにログインして【アトリエール】の工房部に降り立った俺は、素材の回収について考える。

現在の【アトリエール】には、店舗に併設される薬草畑や果樹園、ガラスハウスなどの他に、夏のクエストチップイベントで手に入れた【個人フィールド】が存在する。

涼しい気候の高原エリアを選択した俺の個人フィールドには、マギさんやクロード、リーリーたち生産職仲間や、セイ姉ぇとミカヅチ、そして、ギルド【ヤオヨロズ】のメンバーたちのお陰で様々な物を作り上げた。

高原エリアの中央には、別荘のログハウスが建てられ、北東エリアには植栽した林が作られた。

【個人フィールド】では、涼しい環境に向いた薬草などの栽培を始めたために、一度に素材の回収範囲が広くなったのだ。

「【アトリエール】の方は、キョウコさんに任せているけど、【個人フィールド】の方は、合成ＭＯＢ任せだからなぁ」

【個人フィールド】での素材の採取や回収は、人型の合成ＭＯＢであるウッド・ドールを使い、集めてもらっている。

リーリーの個人フィールドの植林場でも似た様な方法を採用しているために、俺も参考にさせてもらい、試験運用しているのだ。

「さて、どんな感じで集まっているかな？」

俺は、素材の回収具合を期待しながら【アトリエール】に設置した扉を通り抜ける。

『きゅっ⁉　きゅきゅっ！』

「うわっ！　ザクロ、帰ってきたぞ」

扉の近くの花畑で妖精ＮＰＣ《ノン・プレイヤー・キャラクター》と戯《たわむ》れていたザクロが、俺がやってきたことに気付き、真《ま》っ直《す》ぐに駆け寄って胸に飛び込んでくる。

少し遅れて、草原を駆けていたリゥイも出迎えてくれる。

「リゥイは、草原を走ってたのか。どうだ、気持ちよかったか？」

機嫌良さげに喉を鳴らしたリゥイが俺に首を擦《こす》り付けてくるので、胸に飛び込んできたザクロと一緒にその首を優しく抱き締めて、サラサラとした鬣《たてがみ》を撫《な》でる。

「ちょっと素材の回収してくるから、好きに過ごしてて良いぞ」

『きゅぅ〜』

俺がそう伝えると、不満げなリゥイとザクロが付いて行くという雰囲気を出すので苦笑

が零《こぼ》れる。

「それじゃあ、行こうか」

俺がリゥイとザクロを一撫でして、共に歩き出す。

とは言っても、合成MOBたちによって回収された素材アイテムが運ばれるアイテムボックスまで確認しに行くだけである。

俺がそれを確認しに行けば、結構な量の素材アイテムが揃《そろ》っていた。

「おー、ちゃんと集められてる」

妖精NPCが訪れることで、その場に落とす【妖精の鱗粉《りんぷん》】。

寒冷環境でしか栽培できないムーンドロップの花から取れる【ムーンドロップの花露《はなつゆ》】。

そして、その花の蜜から作られたハチミツの【月光蜜《げっこうみつ》】。

甘い樹液を分泌する【賦活《ふかつ》の蜜樹《みつじゅ》】の樹液など。

回収予定の素材アイテムには、ハチミツなどの液体系素材が多かったために使役MOBに任せるには少し不安があったが、きちんと集められているようだ。

「素材はちゃんと集まってるけど、合成MOBたちの動きもチェックしに行くか」

個人フィールド内に配置した合成MOBのウッド・ドールたちが問題なく働いているか確かめるために、リゥイとザクロと共に歩き始める。

ウッド・ドールたちは、高原エリアの薬草畑から薬草を採取する他に、設置した養蜂箱から蜂の巣を取り出している。

取り出した蜂の巣を遠心分離機に掛けて、ハチミツと蜜蝋《みつろう》に仕分けてから回収用のアイテムボックスに運んでいるようだ。

「こっちは問題ないかな……って、ううん？」

蜂の巣からハチミツを分離しているウッド・ドールたちから少し離れた所で、チラチラと鱗粉を振りまく存在が目に付く。

「やっほー！　ハチミツ貰《もら》いに来たぞー！」

両手で小さな壺《つぼ》を抱えたイタズラ妖精が俺たちの前に姿を現す。

「イタズラ妖精か。妖精たちが摘まみ食いする分には問題ないけど……」

「分かってるって！【妖精の鱗粉】を対価に、でしょ！　ちゃーんとあたいの舎弟たちにも言い聞かせてるから！」

『だれが舎弟だー！』『このお調子者ー！』『早くハチミツ食べさせろー！』『その後は遊ぶぞー！』

そう言うと、様々な場所に隠れていた他の妖精ＮＰＣたちも現れて、イタズラ妖精に抗議を始める。

「みんな、うるさーい！　丘の花畑にハチミツ運ぶから待ってなさい！」

『『『きゃははは――』』』

イタズラ妖精がそう怒ると、妖精たちが蜘蛛《くも》の子を散らすように林の中を飛んでいく。

そうした妖精たちのやり取りが可愛《かわい》らしくて、思わず笑みが溢《あふ》れてしまう中、イタズラ妖精がこちらを窺《うかが》うように見つめてくる。

「うん？　どうした、早く仲間たちのところにハチミツ持っていかないのか？」

「あー、うーん。そ、そうだね。そうなんだけど……」

どうにも歯切れの悪いイタズラ妖精の言葉に首を傾《かし》げていると、イタズラ妖精が突然怒り始める。

「あー、もう！　妖精郷《きょう》を助けてくれたお礼に、今まで【妖精郷の花王蜜《ハニークラウン》】を届けていたのに！　それを自分で作れるようになっちゃうから今度から何でお礼すればいいか、わかんないんだぞ！」

「えー、そんなこと考えていたのか？」

「そんなことって、あたいにとっては大事なんだー！」

俺の真っ正面に飛んできたイタズラ妖精が、真剣に訴え掛けてくる。

「別に、今まで通りにハチミツを届けてくれるだけで良いのに」

「それじゃあ、あたいのプライドが許さないんだぞ！」

そう言って、俺の周りを飛び回り始めるイタズラ妖精に、苦笑が溢れる。

そんな俺の反応が気に入らないのか、イタズラ妖精は不満を口にする。

「それに、あたいをずーっとイタズラ妖精って呼ぶのも気に入らない！　人間と仲良くなった他の妖精たちには名前が付けられるのに！　だから、名前をちょうだい！」

「そう言われてもなぁ……」

安易な名付けに難色を示す俺に対して、ムッとした表情を浮かべるイタズラ妖精は、そのまま実力行使をしてくる。

「むぅぅっ！　ちょうだいちょうだいちょうだい、ちょうだい！」

「わっ⁉　ちょ、待て、耳元で騒ぐな！　わかった！　名前を考えるから！」

「本当か⁉」

俺の耳元で駄々を捏《こ》ねるイタズラ妖精の突発的な名前要求に、何かのイベントだろうかと困惑する中、ない頭で一生懸命に考え——

「じゃあ——プラン、って名前はどうだ？」

「プラン！　可愛いし、なんか格好いい！　こうイタズラを計画的に行う知的なあたいにピッタリかも！」

さっきまで怒ったり、駄々を捏ねていたのに、喜びを全身で表現するイタズラ妖精のプランは、俺やリゥイ、ザクロの周りを飛び回る。

実はイタズラ妖精の名前は、計画のプランではなく、イタズラのプランクを捩《もじ》っただけなのだが、言わない方がいいだろう。

そして——

「それじゃあ、これあげる！　必要だったら、いつでもあたいを呼んでね。じゃあね！」

そう言ってハチミツの入った小さな壺を抱えるイタズラ妖精は、空中から片手で握れる程の緑色の石を生み出して、俺の目の前に落としてくる。

「うわっと——これは……召喚石？」

俺は、イタズラ妖精・プランの召喚石を手に入れてしまった。

●

イタズラ妖精にプランと名付けた後、召喚石を手に入れた俺は、リゥイとザクロと共に個人フィールドをまったりと散歩していた。

「……風妖精の召喚石かぁ」

イタズラ妖精のプランから召喚石を貰ったが、通常の《召喚》スキルが使えないようだ。

レティーアの使役ＭＯＢの風妖精のヤヨイは、召喚して直接戦闘に参加させることができるタイプである。

だが、同じ風妖精であるイタズラ妖精のプランは、直接戦闘に参加できず《簡易召喚》による支援系の使役ＭＯＢのようだ。

他にも戦闘とは関係ないタイミングで勝手に出てきたり、自由気ままなイタズラ妖精らしい性質を持っているようだ。

「《簡易召喚》の効果は——味方の速度上昇、敵の攻撃命中率低下って、地味に強くないか？」

風妖精の追い風により味方全体の速度が上がると共に、敵に対して向かい風が吹いてこちらへの攻撃が当たりにくくなる、というフレーバーテキストがある。

確かに、敵への向かい風によって攻撃が当たらない状況は、イタズラ妖精っぽくはある。

「どこかのタイミングで使ってみたいな。さて、とりあえず、素材を回収して帰るとするか」

アイテムボックスに集められた素材を回収して、ログハウスに設置した扉から【アトリエール】に戻ってくると、来客がいた。

「ユンくん、お邪魔しているわよ」

俺が【アトリエール】に戻ると、エミリさんがカウンター席に座り、NPCのキョウコさんが淹《い》れてくれたお茶を飲んで待っていた。

「エミリさん、いらっしゃい。ちょうど良かった。時間が掛かったけど、さっき必要な素材が集まったよ」

俺は、先ほど個人フィールドで回収した素材をカウンターの上に並べていく。

「これが【蘇生《そせい》薬・改】と複合状態異常《バッドステータス》回復薬に使える素材ね」

ムーンドロップから採取でき、蘇生薬の制限解除素材である【ムーンドロップの花露】とそれを元にした【月光蜜】。

解毒《げどく》草などの各種状態異常《バッドステータス》回復の薬草の花を元に作られた【万紅《ばんこう》ハチミツ】。

これらを使えば、生産アイテムの性能がより高まる上位素材である。

「とりあえず、【ムーンドロップの花露】は50本、【月光蜜】は少ないけど10本。【万紅ハチミツ】が20本分用意できた。それとこれが詳しい【蘇生薬・改】のレシピ」

俺がカウンターに揃えた素材とその活用のためのレシピを取り出すと、今度はエミリさんもカウンターに素材を並べる。

「私は、【血の宝珠】15個。それと、手持ちの合成レシピよ。一応、【血の宝珠】の作り方とユンくんにも教えてない素材の合成レシピもあるわ」

そう言うエミリさんとの素材とレシピのトレードが成立する。

「エミリさん、ありがとう。本当はもう少し早く【蘇生薬・改】のレシピを教えたかったけど、素材が揃わなくて」

「気にしないで、お礼のために素材を使い切っちゃったんでしょ？」

そう言うエミリさんの言葉に、苦笑を浮かべながら頷《うなず》く。

【蘇生薬・改】は、作るのに手間が掛かり、更に使用する追加素材の在庫が少ないために容易に数を揃えることができなかった。

そんな数少ない【蘇生薬・改】は、俺の【個人フィールド】のログハウス建設や森林区画の植林を手伝ってくれた【ヤオヨロズ】のメンバーにお礼として渡したのだ。

その結果、【蘇生薬・改】とその素材の殆《ほとん》どを出し尽くし、再び集まるまで時間が掛かってしまった。

そして今日やっと、互いに【蘇生薬・改】に必要な素材とその関連レシピをトレードできたのだ。

「でも、ユンくん。わざわざ私に【蘇生薬・改】の作り方を教える必要なかったんじゃないの？」

俺から提案した素材のトレードだが、エミリさんとしては貰い過ぎに思っているのか納得していないようだ。

「エミリさんは、【合成】や【錬金】センスで蘇生薬を作れるから、是非とも俺の負担を減らすために【蘇生薬・改】を作って欲しいんだよ」

【蘇生薬】の回復量制限に掛かったプレイヤーは、順次【蘇生薬・改】を買い求めるが、それを作り出す生産職の数が揃《そろ》っていないのだ。

しばらくは、【蘇生薬・改】を使用しなくてもクリアできる新規クエストやコンテンツを楽しむだろうが、その内、最前線エリアの攻略に向けて準備する。

その時、必須級の消費アイテムを供給できるように、エミリさんともレシピや必要素材とその栽培方法をレシピのトレードという形で共有しているのだ。

「一応、他の【調合】系生産職たちにも、マギさんたちの【生産ギルド】を通じて【蘇生薬・改】のレシピを共有して、少しずつ作って貰ってるところなんだ」

「ふぅん、色々考えているのね」

「まぁ、公開したレシピには、俺が作る時の細かな点とかは書いてないんだけどね」

基本レシピは公開したが、回復量が微妙に左右される細かな部分に関しては、非公開にしている。

なので、各自の作り方で追究して欲しい、と苦笑を浮かべながら答える。

「なるほどね。それに素材の質だって違うでしょ？　他の人たちに【ムーンドロップ】の栽培方法は教えても【月光蜜】の存在や作り方は教えてないみたいだしね」

まぁ、調べれば養蜂箱に行き着くだろうが、そこまで手間を掛けるほど【月光蜜】の生成のコスパは良くないと思う。

俺が養蜂箱を使うのは、あくまで趣味の範囲だ。

「でも、やっぱり私が貰《もら》い過ぎよ。だからもう一つだけ、私の方で素材の合成レシピを提供するわ」

「素材の合成レシピ？」

小首を傾げる俺の前でエミリさんは、紙にレシピを書き込み、実物の素材と共に渡してくる。

「えっと、【妖精の鱗粉《りんぷん》】と【砂結晶】を合成して――【妖精硝子《ガラス》】？」

差し出された結晶――【妖精硝子】を窓から差し込む光に翳《かざ》して覗《のぞ》き込む。

結晶体自体は、セピア色であるが、窓からの光を受けて蝶《ちょう》の羽のように光を反射して不思議な色合いを見せる。

その【妖精硝子】の光の変化をいつまでも見ていたくなるが、エミリさんの視線を受けて、我に返る。

「えっと、それでこれは何かな？」

「ユンくんは、【装飾師】センスを持ってるでしょ？　その素材は、【光属性耐性（小）】の追加効果があるみたいだから、色々と試してみてね」

ちょうど【個人フィールド】に妖精NPCたちが好む花畑を作り上げたところで、集まってきた妖精NPCが落とす【妖精の鱗粉】が溜《た》まり始めている。

【蘇生薬・改】の制限解除素材でもあるが、少し余裕があったら、この素材で何かを作ってみるのもいいかもしれない。

「ありがとう、エミリさん。今度、色々試してみるよ。あっ、そうだ」

「どうしたの？　なにかあった？」

「ちょっと聞きたいことがあるんだ。エミリさんのところの水妖精は、どう？」

俺が急に声を上げ、エミリさんのところにいる水妖精について尋ねると、逆に不思議そうに首を傾《かし》げられる。

「どうって聞かれても、普段通りよ」

そう答えるエミリさんに、俺が先ほど会ったイタズラ妖精のプランとのやり取りとその召喚石について説明すると、納得いったような表情を浮かべる。

「なるほどね。一周年のアップデートで妖精クエストが常設化されたから、既に妖精と関係を結んでいるプレイヤーが更に絆《きずな》を深めた時に発生する新しいイベントなのかもね」

「そうだったら、いいな」

俺はちょっと気恥ずかしげに、手元のプランの召喚石を見つめる。

そんな俺を微笑《ほほえ》ましそうに見つめるエミリさんが、ふとあることを聞いてくる。

「そういえば、ユンくんが探していた【サンフラワーの種油《たねあぶら》】って見つかったの？」

「ううん。残念ながら、まだ見つかってない」

【サンフラワーの種油】とは、エミリさんに渡した【ムーンドロップの花露】と同じ蘇生薬の制限解除素材の一つである。

夏休みの終わり際、ミュウやセイ姉ぇたちと冒険に出掛けた時も色々と探してみたが、結局見つからずに、今に至っている。

「探したい意欲はあるんだけど、肝心のどこを探しに行けばいいかが分からなくてね」

【雷石《かみなりいし》の欠片《かけら》】の様に一周年のアップデートで既存エリアに追加されたアイテムだとすれば、探索範囲が広すぎて、どこにあるか見当も付かないのだ。

「タクくん辺りに相談すれば、手伝ってくれるでしょう」

「あれ？　今の話の流れだと、エミリさんも手伝ってくれるのかと思った」

「残念だけど私は今度、レティーアたちと出かける予定があるから。その時は新しい素材を期待してね」

そう言ってエミリさんは、今日トレードした素材をインベントリに仕舞い込み、【素材屋】の工房に帰っていく。

「……タクに相談かぁ。まぁ、言うだけなら別にいいか」

そんなエミリさんを見送った俺は、エミリさんのアドバイスを受けて、フレンド通信でタクに連絡を取ることにした。

「タク、ちょっと時間あるか？」

『おっ、ユンか。どうした？』

「実は――」

先程、エミリさんに相談した内容をタクにも伝えると、相槌《あいづち》を打ち、時に質問しながらも俺の話を聞いてくれる。

質問の内容には、他の制限解除素材の【ムーンドロップ】についての採取場所や栽培方法なども入っていた。

「それで、どうかな？」

『うーん。【サンフラワーの種油】の場所は知らないけど、候補は絞れるな」

「マジで⁉　候補が絞れるって言うけど、どこなんだ⁉」

俺が悩んでも分からなかったことに易々《やすやす》と当たりを付けたタクは、自身の予想を一つずつ段階を追って説明してくれる。

『ユンが言う【蘇生薬】の制限解除素材の一つ――【ムーンドロップ】は、北の町の周辺の雪山エリアにあるだろ？　その月に対して【サンフラワーの種油】は太陽の名前を冠するアイテムだから、単純に対極の場所にあると考えると……』

「南……そうなると、南側にあるエリアは、湿地エリア、荒野エリア、砂漠エリア。それに海を越えた孤島エリアだろうなぁ」

『それに【ムーンドロップ】が寒冷環境でしか育たないなら、逆に【サンフラワーの種油】は炎熱環境で手に入る可能性が高いだろ？』

ゲーム的なメタ視点は入っているが、闇雲に探すよりも【サンフラワーの種油】のある場所が大分絞れた気がした。

「でも砂漠エリアかぁ……俺一人じゃ行けないよなぁ」

砂漠エリアは、OSOに存在する最前線エリアの一つであることに俺は肩を落とすが、タクがとある提案をしてくれる。

『じゃあ、俺たちが手伝うか？　次に挑むエリアが決まってなかったし、ちょっと、みんなと相談してみるな！』

そう言ってタクが、他のパーティーメンバーのガンツたちと相談を始める。

広域チャット状態でガンツたちの声が聞こえ、みんな乗り気な様子が窺《うかが》える。

『ガンツたちも、ぜひ一緒に冒険に行こうだってよ！』

「ありがとう、助かるよ」

『それじゃあ、アンフィスヴァエナを討伐して、砂漠エリアに挑むとしようぜ』

タクたちのパーティーに加えてもらえるのは嬉《うれ》しいが、聞き慣れない単語を耳にする。

「えっと、タク？　アンフィスヴァエナって、もしかしてボスＭＯＢ？」

「ああ、荒野エリアと砂漠エリアを遮るボスだ。あいつを倒さないと砂漠エリアには入れないけど、知らなかったか？」

俺は、タクとの会話の途中で思い出した。

以前、春先にセイ姉ぇとミカヅチと一緒に荒野エリアを探索した時、エリアの境界を遮るヘビトカゲ型のボスＭＯＢを遠目で見た記憶がある。

その時に、ヘビトカゲ型のボスＭＯＢの向こうに黄色い砂漠エリアが広がっていたのが印象に残っていた。

「そっかぁ。あいつの名前は、アンフィスヴァエナかぁ。それじゃあ、迷宮街に転移してそこから荒野エリアを横断してヘビトカゲ型のボスに挑むってことになるのか」

『そうだな。それでアンフィスヴァエナの攻略法は――』「ちょっと待った！」――どうした、ユン？』

これから挑むボスの説明をしようとするタクの言葉を、俺は反射的に遮ってしまった。

そして、フレンド通信越しに不思議そうに聞き返すタクに、少したじろぎながらも、自分の考えを伝える。

「その、確かに、これから挑むボスＭＯＢの情報を知っていると楽に戦えるけど、最初くらいは何も知らずに挑んだ方がいいかな……なんて……あははは っ」

『ユン……』

「ご、ごめん。手伝ってもらうのに、勝手だったかも」

自分でも身勝手だと思うが、ＯＳＯをもっと楽しみたい。

ＯＳＯを楽しむ方法として、最初は攻略法を知らない方が楽しめると思ったのだ。

だけど、それでタクたちが楽しめないんじゃ、本末転倒だと思い、タクの言葉を待つが
……

『そうだよな。ユンも初見だよな。うっかりネタばらしするところだった！』

「へっ……怒らないのか？」

俺が聞き返すと、フレンド通信越しにタクがいい笑みを浮かべている姿が容易に想像できる。

『怒らねぇよ。むしろ俺たちもアンフィスヴァエナは初見なのに、ボスの情報を集め過ぎて初見って感じじゃなくなってたわ』

「そう、なんだ……」

『それに、この記憶を消して改めて初見の気持ちで挑みたい！　って思う時があるからな』

流石《さすが》に記憶を消して挑みたい、とまでは思わないが、共感してくれたのは嬉しい。

『それじゃあ、次はユンもパーティーに加えて、砂漠エリアに挑むので決定だな！』

「ありがとう、タク。その時は、頼むな」

『おう、任せておけ』

タクたちに協力してもらい、砂漠エリアに挑むことになった。

その前に、砂漠エリアへの侵入を遮るヘビトカゲ型のボス——アンフィスヴァエナに挑まなくてはならない。

自ら選んだ情報なしでのボス戦に期待と不安を感じながら、その日はログアウトした。

一章　砂漠エリアと荒野のヘビトカゲ

新たなエリア攻略の時間を取るために、休日に挑むことになった。

朝の10時にログインした俺は、準備を万全に整えて【アトリエール】で待っていると、タクたちがやってくる。

「みんな、いらっしゃい。今日は、よろしく頼むな」

「俺たちも活動範囲を広げる相談をしていたから、ユンからの相談はちょうど良かったんだ」

タクを皮切りに、ガンツたちからも次々と挨拶をもらう俺は、それに一つ一つ言葉を返していく。

「それじゃあ、今日のために必要だと思って用意しておいたこれを使ってくれ！」

そう言って俺はタクたちに、メガポーション、MPポット、【蘇生《そせい》薬・改】、それぞれに合わせた強化丸薬《ブースト・タブレット》、エンチャントストーン、そして、状態異常《バッドステータス》回復薬の【汎用治療薬】と【精神治療薬】を渡していく。

特に二種類の状態異常《バッドステータス》回復薬には、解毒《げどく》系の薬草の花粉から作られた【万紅《ばんこう》ハチミツ】を使っており、それぞれ身体系と精神系の状態異常《バッドステータス》に対応することができる。

「おおっ、ユンちゃんくれるの？　やったぜ！　女の子からの贈り物だ！」

今日のために用意したアイテムを全員に渡すと、ガンツが素直に喜んでくれるのは嬉しいが、俺は男だと言いたい。

そして、タクとミニッツ、マミさんは困ったように笑い、ケイだけは、なんとなくデジャヴを感じるような眉間に皺《しわ》を寄せた表情で溜息《ためいき》を吐いている。

「ユンは、また貴重な物を安易に配って……今はどのプレイヤーも【蘇生薬・改】の入手で苦労しているのに……それになんだこの二種類の状態異常《バッドステータス》回復薬は……」

「まぁまぁ、ケイ。ユンさんだから……」

ブツブツと呟《つぶや》いているケイを宥《なだ》めつつマミさんが俺をフォローしようとするが、全くフォローになっていない。

「それにしても結構、奮発して揃《そろ》えたな。【蘇生薬・改】だけで今は1本100万Gくらいになるんじゃないのか？」

「そうよね。消費アイテムでもそれだけの値段のアイテムを貰《もら》うとちょっと気が引けちゃうわね。それにユンちゃんのは高品質だから、なおのことね」

タクは俺が今日のために配った【蘇生薬・改】の値段を口にし、ミニッツも同意する様に他のアイテムを眺める。

「いやいや、【蘇生薬・改】の市場相場は、確かに100万くらいに上がってるけど、適正価格はもっと下だから！　あっ、ごめん……もしかして、押し付けがましかった？」

上位の消費アイテムの中には【アトリエール】で素材の栽培ができるために安価で作れる物もあるので、高価なアイテムという認識が薄れていた。

それに、一方的に施される感じがして気分を害したかも、と不安になる。

「そういうわけじゃないぞ。ただ、俺たちにとってユンは、護衛のために消費アイテムを負担してもらう生産職プレイヤーじゃなくて、パーティーの一員だからな」

「だから、ケイは、ユンさんだけに負担させるみたいで、素直に受け取れなかったんです」

タクとマミさんの言葉に俺は、ちゃんとタクたちのパーティーの一員と言われて、嬉しくもあり、気恥ずかしくもある。

「と、いうわけで！　ユンちゃんが揃えた消費アイテムセットを買い取りましょう！　とりあえず、ユンちゃんの希望価格としては、幾らかしら？」

「えっと——全部で300万Gくらい？」

【アトリエール】で売り出して、全部買い揃えたとしたら、それくらいの値段だろうか。

現在の市場相場としてはかなり安いが、いずれはそのくらいの値段で普及するようにしたい。

「それじゃあ、ユンちゃんは素直に受け取りなさい！」

「うえっ⁉　そ、それは――」

そして少し強引ではあるが、ミニッツが俺がみんなに配った消費アイテムの代金を俺に押しつけ、続くタクとケイ、マミさんも支払っていく。

トッププレイヤーのタクたちは、消費アイテムセットに３００万Ｇもポンと支払えることに、流石だと思い苦笑が零《こぼ》れる。

その中で――

「ええっ……タダでくれないのか⁉　俺、金ないぞ！」

「ガンツ、あんたなんで金欠なのよ⁉　みんなと同じクエスト受けてるでしょ⁉」

何かにお金を使った後なのか、ガンツだけ所持金が足りないことを慌て、ミニッツに怒られている。

結局、俺が配った消費アイテムセットは、【調合】センスのレベル上げのための練習品ってことと、パーティー価格ということで、３００万Ｇから１００万Ｇまで値下げした。

１００万Gなら支払えるガンツが俺に支払い、既にタクたちから受け取っていた代金の差分を返すことになり、妙に締まらない結果になった。

その後、全員で【アトリエール】のミニ・ポータルから【迷宮街】に転移し、荒野エリアに向けて歩きながら話をする。

「まぁ、ユンからたっぷりと消費アイテムを買って準備万端だし、アンフィスヴァエナに挑むとするか！　ダメだったらまた挑み直せばいいからな！」

「タク!?　流石に一発で決めようぜ！　俺、もうポーション買い揃える金ないぞ！」

タクの言葉に、金欠のガンツが焦《あせ》る。

そんなガンツの慌て様にミニッツとケイが呆《あき》れて、俺とマミさんは思わず苦笑が零れてしまう。

だが、そんなやり取りが楽しく、戦闘前の緊張感を適度に解《ほぐ》してくれる。

そうして俺たちは、【迷宮街】から荒野エリアに進んでいく。

荒野エリアは、かなり広くアクティブな敵MOBが襲ってくる。

面倒な大型MOBを回避して、その他のMOBはパーティーで的確に対処していく。

そして、荒野エリアと砂漠エリアの境界までやってきた。

「改めて見るとデカいなぁ……」

【空の目】で眺めた先には、ヘビトカゲ型のボスＭＯＢ・アンフィスヴァエナの姿が見えた。

トカゲの上半身は、ノコギリ状の牙の生えた口とガッシリとした前脚を持ち、ヘビの下半身は蜷局《とぐろ》を巻いていた。

「みんな、装備やセンスの準備はいいか？」

大事なボス戦前にタクが改めて確認してくるので、俺はセンスステータスを開く。

所持ＳＰ《センス・ポイント》55

【長弓Ｌｖ45】【魔弓《まきゅう》Ｌｖ40】【空の目Ｌｖ44】【看破Ｌｖ50】【剛力Ｌｖ16】
【俊足Ｌｖ41】【魔道Ｌｖ46】【大地属性才能Ｌｖ32】【付加術士Ｌｖ22】
【調教師Ｌｖ13】【急所の心得Ｌｖ18】【先制の心得Ｌｖ20】

控え

【弓Ｌｖ55】【念動Ｌｖ20】【調薬師Ｌｖ40】【装飾師Ｌｖ13】【錬成Ｌｖ20】
【料理人Ｌｖ27】【泳ぎＬｖ25】【言語学Ｌｖ28】【登山Ｌｖ21】【生産職の心得Ｌｖ40】
【身体耐性Ｌｖ5】【精神耐性Ｌｖ15】【潜伏Ｌｖ12】【釣りＬｖ10】【栽培Ｌｖ20】

【炎熱耐性Lv1】【寒冷耐性Lv1】


今回は、前衛で守ってくれるタクやケイたちがいるので、俺は後衛特化のセンス構成に組み替えている。

そして、インベントリから取り出すのは、普段使う【黒乙女《くろおとめ》の長弓《ながゆみ》】ではなく、魔改造武器の【ヴォルフ司令官の長弓】を選ぶ。

一発の威力と命中精度は、【黒乙女の長弓】の方が高い。

だが、魔改造が施された【ヴォルフ司令官の長弓】は、スキルやアーツの増加や【二重戦技】などの追加効果により、連鎖《チェーン》ボーナス込みの瞬間火力が高い。

またボスMOBの体が大きいと、雑に狙っても攻撃が当たりやすく、ダメージを稼ぎやすい。

「さぁ、初見撃破できるようにやるか！ タイミングは、ユンに任せた！」

「わかった！《付加《エンチャント》》――アタック、インテリジェンス、スピード！《属性《エレメント・》付加《エンチャント》》――ウェポン！」

俺は、自身に攻撃重視の三重エンチャントと武器に風属性の属性石を砕いた属性エンチヤントを施し、ATK強化の強化丸薬《ブースト・タブレット》を飲み込む。

そして、隕星鋼《いんせいこう》の矢を【ヴォルフ司令官の長弓】に番《つが》えて、弦《つる》を引き絞る。

「いっけぇえっ！　――《魔弓技《まきゅうぎ》・幻影《げんえい》の矢》！」

弓から放たれた隕星鋼の矢は、赤い尾を引き上空に昇っていく。

そして、赤い尾から分裂した５本の魔法の矢が【スキル拡散（数）】の追加効果で三倍に増える。

更に、一拍遅れて発動した【二重戦技】の追加効果で、同一のアーツがもう一度放たれ、同じように魔法の矢が分裂する。

「更にもう一回！　――《魔弓技・幻影の矢》！」

【反動軽減（小）】と【待機時間短縮《ディレイ・タイム》】の追加効果で、短い間に同一アーツを連射する俺は、再び弾幕を生み出す。

合計４本の隕星鋼の矢と60本の魔法の矢の弾幕の嵐がアンフィスヴァエナに襲い掛かる。

「まだまだ――【エクスプロージョン】！」

俺は、放った隕星鋼の矢に《技能付加《スキル・エンチャント》》した《エクスプロージョン》の魔法を発動させ、多重爆破を引き起こす。

激しい弾幕攻撃と魔法による多重爆破で荒野に砂煙が舞い上がり、アンフィスヴァエナの姿を覆い隠してしまう。

「おー、これが噂《うわさ》に聞いたユンの攻撃かぁ。派手になったなぁ」

「呑気《のんき》に言っている場合か、来るぞ！」

派手なアーツの弾幕と舞い上がる砂煙を楽しそうに眺めるタクを注意したケイは、大盾を構えながら駆け出す。

『キシャアァァァァァッ――！』

「全員、後ろに隠れろ！　――《ヘイト・アクション》《フォートレス》！」

攻撃を受けたアンフィスヴァエナは、舞い上がる砂煙を掻《か》き分けるように前脚を振り回し、ヘビの下半身をくねらせて猛烈な勢いで接近してくる。

そして、接近してきたアンフィスヴァエナがヘビの下半身でトカゲの上半身を持ち上げ、下ろす勢いで前脚をケイに叩《たた》き付けてくる。

それをケイが大盾で防ぎ、その衝撃で周囲に砂煙が舞い上がる。

「よし、戦闘開始だ！　俺とガンツが遊撃に入る！　ユンは、ヘイト値が下がるまで攻撃禁止でサポート重視！　ミニッツは回復！　マミさんは魔法で攻撃！」

「了解！　《空間付加《ゾーン・エンチャント》》――アタック、ディフェンス、スピード！」

タクが指示を下すと共に、俺はタクたちにエンチャントを施し、ヘビトカゲ型ボスＭＯ

Bのアンフィスヴァエナとの戦闘が本格的に始まる。

だが、開幕の魔改造武器による弾幕攻撃の弊害として、一つの問題が浮上してくる。

「ううっ、なんだか、攻撃ができないと役に立ってないみたいで焦るなぁ」

「相手のHPを一人で1割以上も削ったんだから、ユンちゃんはもう十分働いているわよ」

「そうですよ。それに私たちにも活躍させて欲しいです！」

魔法の矢の弾幕攻撃によって、俺は一気にダメージと共にヘイト値も稼いでしまったのだ。

壁役《タンカー》のケイがアンフィスヴァエナからターゲットを奪ったが、ここで俺が攻撃に加われば、高いヘイト値のためにターゲットが俺に戻ってくる可能性がある。

高まったヘイト値が時間経過で減少するまで、俺はサポート的な動きのみを命じられたというわけだ。

その何もしないことへの歯痒《はがゆ》さを感じつつ、ミニッツとマミさんと共に後衛でそれぞれの役割を担《にな》いながら、その時がくるのを待つ。

「はぁあっ――《パワー・バスター》！」

「――《鬼狩り蹴り》《裂空拳《れっくうけん》》《紫電《しでん》落とし》《崩壊掌《ほうかいしょう》》！」

タクが二本の長剣でアンフィスヴァエナの胴体を斬り付け、ガンツが連続した格闘アーツを浴びせていく。

そして、正面でアンフィスヴァエナを受け持つケイは――

「ふっ――《ワイドガード》《シールドバッシュ》！」

正面から噛《か》み付こうとしたアンフィスヴァエナの頭部に、防御範囲が拡大化したケイの半透明な盾が叩き付けられる。

盾の叩き付けを受けてトカゲの上体がよろめき、地面に片手を突いた瞬間、俺とマミさんが魔法を使う。

「「――《マッドプール》！」」

二人の魔法使いが作り出す泥沼にアンフィスヴァエナの片手が呑《の》み込まれ、上体の体勢が崩れる。

「今よ！　――《コンセンサス・レイ》！」

「行きます！　――《ダウン・バースト》！」

体勢を崩したアンフィスヴァエナに、ここぞとばかりにミニッツとマミさんが魔法で攻撃を行う。

その魔法の余波で舞い上がる砂煙に紛れて、俺の【看破】のセンスが何かが近づいてくるのに気付く。

「気をつけろ！　何かが来る！」

「三人とも、俺の後ろに下がれ。――《フォートレス》！」

『シャララララッ――！』

「うぉっ⁉　なんだ、これは！」

砂煙に隠れるように地面を這《は》って迫っていた巨大なヘビの頭部がケイの盾で防がれる。

噛み付きを防がれたヘビの胴体を辿《たど》っていくと、アンフィスヴァエナの胴体と繋《つな》がっており、尻尾の先のヘビの頭部が牙を剝《む》いて威嚇してくる。

「アンフィスヴァエナは、上半身と下半身にそれぞれ頭があって、ある程度独立して動くらしいぞ！」

タクの解説を聞きながら、やっぱりアンフィスヴァエナの攻略法を聞いておいた方がよかったかも、と内心思う。

「次が来るぞ！　気をつけろ！」

「ううっ、《付加《エンチャント》》――ディフェンス、マインド！」

ケイに防御エンチャントを掛けた直後、アンフィスヴァエナは荒野の地面を擦るようにヘビの頭の方を振り回して、ケイの盾に頭突きしてくる。

更に続けて、泥沼から抜け出して体勢を立て直したトカゲの上半身が腕を振り下ろす。

「ぐぅ……」

立て続けの攻撃で受けきれない衝撃がダメージとなってケイを襲う。

「今、回復するわ！ ――《メガ・ヒール》！」

ミニッツの回復魔法でダメージを回復したケイが改めて盾を構え直す。

普通の大型ＭＯＢの倍以上、超弩級《どきゅう》ＭＯＢ未満といったアンフィスヴァエナは、前衛のタクとガンツ、ケイを様々な角度から襲う。

トカゲの上半身は、前脚の叩き付けに鋭いノコギリ状の歯での噛み付きと、一撃のダメージが大きい攻撃を放ってくる。

それをタクとガンツが回避して、ケイが後衛の俺たちを守りながら大盾で防いでくれる。

だが、アンフィスヴァエナは、そんなケイ一人では防ぎ切れない攻撃を放ってくる。

「ブレスの予備動作だ！ 俺に合わせろ！ ――《ワイド・ガード》！」

「――《ウィンドシールド》！」

「――《ストーンウォール》！」

ケイの指示で俺とマミさんが防御魔法を重ねて、アンフィスヴァエナが吐き出す広範囲ブレスを防ぐ。

苛烈な攻撃で完全には防げなかったが、多重防壁のお陰で、俺たちに届くダメージを抑えることができた。

「――《ラウンド・ヒール》！　さぁ、大技の後は隙ができるわよ！」

そんなブレスの余波のダメージもミニッツがすぐに範囲回復魔法を使い、ケイを万全の状態に戻してくれる。

「ガンツ、行くぞ！」

「おう、ドンドン行くぜ！」

そして、敵の攻撃の隙を突いて、果敢に接近したタクとガンツがダメージを与えていく。

開幕の弾幕攻撃によりＨＰを一気に１割以上削った後、このパーティーの安定する立ち回りを全員で作り上げ、序盤の戦闘が過ぎていくのだった。

●

アンフィスヴァエナとの戦闘が中盤に差し掛かる頃、何度目かのブレス攻撃が放たれた。

「よっしゃぁ！　まだ行くぜ！」

「ガンツ！　そろそろタイミングの変調が来るから気をつけろ！」

タクの注意が飛ぶ中、ガンツは気にせずに前回までのブレスと同じタイミングで飛び込んでいく。

砂漠エリアへの侵入を遮るボスのアンフィスヴァエナが単純な行動パターンだけで倒せるほど易しいボスとは思えない。

難しいボスには、ただステータスが高いだけではなく、プレイヤーに自身の行動パターンを慣れさせてから僅かにタイミングをズラして負のパターンに嵌《は》める相手もいる。

その結果――

「よっしゃ！　貰《もら》った！」

『キヤァァァァァァッ――！』

ブレスのモーションと思わせてからの前脚による殴り付けで、近づいたガンツをノックバックさせて、ブレスの範囲内に叩き落とす。

そして、今度こそ本当に炎のブレスが放たれる。

「あっちぃぃぃぃぃっ！」

「全く、ガンツは……一度そのまま倒れなさい！」

「そんな、ご無体なぁぁぁぁぁっ……」

広範囲の炎のブレスには炎熱ダメージがあるらしく、防御しない場合には、継続的なスリップダメージを与えてくる。

そんな炎のブレスが直撃したガンツは、炎を纏《まと》いながら悲鳴を上げて、荒野の地面に倒れ込む。

「それじゃあ行くわよ。――《リヴァイヴ》《メガ・ヒール》！」

「ガンツ、エンチャント掛け直すぞ！《付加《エンチャント》》――アタック、ディフェンス、スピード！」

防御しなければ即死級の炎のブレスだが、ミニッツが蘇生《そせい》と回復を行い、倒れたことで消えたエンチャントを俺が掛け直した。

「俺、復活！　行くぜ！　って、あれ？　力が入らない……」

「ガンツ！【麻痺《まひ》】に掛かってる！　って、避《よ》けろ！」

ケイの後ろから全体を眺めていた俺は、蘇生した直後、動きが鈍り膝を突いたガンツに声を上げる。

アンフィスヴァエナの下半身のヘビの眼《め》が妖しく輝いた直後、ガンツは【麻痺】していた。

ヘビの眼光には、麻痺を引き起こす【蛇の目】のようなスキルがあるのだろう。

ＤＥＦのエンチャントで抵抗していた【麻痺】の眼光を、エンチャントのない蘇生直後に受けてしまったようだ。

そんな身動きの取れないガンツに向かって、アンフィスヴァエナの下半身のヘビが噛み付いてくる。

「くっ、そっ！　――《崩壊掌》！」

「ガンツ、今助けるぞ！　――《ソニック・エッジ》！」

胴体に噛み付かれたガンツは、更にヘビの【毒】を受けながらも至近距離で打撃系アーツを放つ。

タクもガンツを助けるために、伸びきったヘビの首に飛ぶ斬撃を放てば、ヘビがガンツを放した。

「ガンツ、大丈夫か！」

「うぐ、うぐっ……ぷはぁ！　大丈夫、今度こそ復活した！」

ガンツは、消費アイテムセットの中にあった身体系の状態異常《バッドステータス》を回復させる【汎用治療薬】を一気飲みし、一息吐《つ》く。

そして、改めてアンフィスヴァエナに挑みかかっていくが、トカゲの上半身と下半身のヘビが個別に動き、プレイヤーを襲ってくる。

正面からトカゲの上半身が前脚での叩《たた》き付けや頭突き、噛み付き、炎のブレスを行う。

下半身のヘビは、体当たりと薙《な》ぎ払い、そして、頭部の毒噛み付きと【蛇の目】による【麻痺】の行動阻害をしてくる。

「下半身のヘビの攻撃力は高くないが、独立した動きと二種類の状態異常《バッドステータス》を使ってくるから厄介だな。それにボスのＨＰが減って、攻撃にフェイント動作が混ざって防御するタイミングが難しい」

「情報としては知ってたけど、いざ実感すると難しいよな！　それにトカゲの上半身と下半身のヘビの攻撃周期が重なると一気に陣形が崩れるから、ケイは無茶するなよ！」

「了解した！」

ボスを分析するケイにタクが指示を出せば、気合いを入れ直すようにケイが盾を構え直す。

そして、トカゲの上半身からの攻撃を中心に盾で受けつつ、時折カウンター気味に剣を振って地味にダメージを稼いでいる。

そんな中──

『シャラララッ──』

「なっ⁉　しまった！」

荒野での戦闘で舞い上がった砂煙に紛れて急接近してきた下半身のヘビがケイの体に巻

き付いていく。

「ぐっ、こんな拘束……ぬっ、うおぉぉぉぉっ!?」

巻き付かれたケイが引き剝がそうと力を入れ、間近にいた俺やミニッツ、マミさんたちが助けようと動く前に、下半身のヘビが巻き付いたケイを振り回すように暴れて、遠くに放り投げてしまう。

放物線を描くようにして遠くに投げられた全身鎧《よろい》のケイの姿に唖然《あぜん》とする。

「ケイ……大丈夫かな？」

「これは、ちょっと不味《まず》くない？」

投げ飛ばされたケイを心配するマミさんだが、真っ先に状況を把握したミニッツの声に俺もハッと気付く。

下半身のヘビの巻き付きからの放り投げのコンボで壁役《タンカー》の要であるケイが遠くに飛ばされ、パーティーの安定した陣形が崩された。

その行動をした下半身のヘビとは別に、トカゲの上半身も個別で動くために、俺たち後衛への追撃が始まる。

「後衛！　全力で防御態勢を取れ！」

「っ!?　――【ストーン・ウォール】！」

俺は、EX《エクストラ》スキル【魔力付与】で作り出した魔宝石に《ストーン・ウォール》をエンチャントしたマジックジェムを5個配置する。

自分たちを守るように正面に展開される五枚の石壁が地面から迫《せ》り上がる。

「ああ、もう、やってやるわよ！　――《サンクチュアリ》！」

「ケイが戻ってくるまで防ぎます！　――《ウィンドシールド》！」

ミニッツとマミさんも可能な限りの防御魔法を張って、互いに防御を厚くする。

「ミニッツ、ユンさん！　これじゃあ、まだ耐えられません！」

長くケイとパーティーを組んでいるマミさんだからこそ、壁役《タンカー》のケイの実力を知り、自分たちが張った防御だけでは防ぎ切れないことを感じているようだ。

「クソッ、虎の子の魔宝石のマジックジェムはもうないし……そうだ！　――《簡易召喚》！」

俺が【調教】センスの《簡易召喚》スキルを使った直後、石壁の隙間からブレスの真っ赤な炎が押し寄せるのが見えた。

だが、直前に呼び出した半透明なイタズラ妖精のプランが緑の風を吹かせて、それが俺たちの体の周りに渦巻き、炎のブレスを誘導する。

ブレスの炎の五分の一ほどが上空や荒野のあらぬ方向に流されて、俺たちの防御魔法の防壁に蓄積するダメージを抑えてくれる。

「炎のブレス、怖っ！　ケイは、よくこんな攻撃を正面から受け止められるな。それに、プランの力、凄《すご》いなぁ！」

俺は、ぶっつけ本番で使ったイタズラ妖精のプランの《簡易召喚》に安堵《あんど》し、防御魔法の裏から眺める炎のブレスの迫力に身震いする。

「ユンちゃんがいて良かったわ。私とマミの防御魔法だけだと、完全に防ぎ切れるか心配だったから」

「そうですね。それで、ケイは大丈夫かな？」

マミさんは、下半身のヘビに遠くに放り投げられたケイを心配そうに見回すが、炎のブレスに遮られた視界ではよく見通せない。

そうこうしている内に炎のブレスが終わり、《簡易召喚》した半透明なイタズラ妖精のプランが光の粒子となって帰って行く。

役目を終えて崩れる防御魔法の向こう側にいるタクとガンツ、そして放り投げられたケイの無事を確認することができた。

「すまない！　守る壁役《タンカー》なのに無様な姿を見せた。二度と同じ失敗はしない」

先程のケイが受けた下半身のヘビによる接近は、荒野エリアで容易に舞い上がる砂煙の中に隠れるので視認性が悪い。

そうした地形効果と組み合わさった巻き付きからの放り投げの妨害コンボは、仕方がないと思う。

「大丈夫よ。炎のブレスを防いで生き残れたんだから、問題ないわ！」

「そうです！　いつもケイに助けられてるんですから、少しくらいパーティーが崩れても、その分、私たちが持ちこたえます！」

そう励ますミニッツとマミさんにケイ自身も反省は後回しにして、改めてアンフィスヴァエナに盾を構える。

いい雰囲気だなぁ、と思いながらもボスとの戦闘は続いていく。

そして、ついに――

「残りＨＰ５割を切ったぞ！　ヘイト値も下がった頃だろうから、ユンも攻撃に加われ！」

「待ってました！　いくぞ――《剛弓技《ごうきゅうぎ》・山崩し》！」

アンフィスヴァエナは、正面のトカゲの上半身と側面の下半身のヘビからの攻撃でプレイヤーを翻弄するが、通常の大型ＭＯＢの倍以上の体格なので狙いを付けずとも矢を当てやすい。

普段使いの【黒乙女の長弓】に持ち替えて放つ強力な弓矢の一撃が、アンフィスヴァエナの胴体に突き刺さる。

「さぁ、どんどんＨＰを削っていくぞ！　――《クロス・エクスキューション》！」

交差させた二本の長剣を振り抜いたタクは、アンフィスヴァエナの胴体を斬り付ける。

その後もケイという守護神に守られた俺たちは、後衛から遠距離攻撃を、前衛のタクとガンツが単発の高威力アーツを放ち、ミニッツが回復に専念してくれる。

とても安定した立ち回りで、アンフィスヴァエナのＨＰが徐々に減っていく。

「思ったより、柔らかい？」

ＨＰの減りや放つ矢の感覚からそんなことが思い浮かぶ。

最初の弾幕攻撃では、アンフィスヴァエナの防御力などの手応えがよく分からなかったが、こうして一発一発矢を放つとそう感じる。

「ＨＰは高めだけど、防御は普通の大型ＭＯＢより少し低いかな。トカゲの上半身と下半身のヘビの独立した動きは厄介だけど、防御を中心とした動きだから耐えられないわけじゃない」

一周年アップデートにより掛かりやすく調整されたカースドや状態異常《バッドステータス》を合成した毒矢の弱体化などを試した結果、アンフィスヴァエナのＤＥＦとＭＩＮＤのステータスを低下させたために、更にダメージが加速する。

「これは案外楽勝か？　――《剛弓技・山崩し》！」

何度目かのアーツの攻撃が、アンフィスヴァエナに突き刺さる。

そして、アンフィスヴァエナのＨＰが４割を切ったところで変化が起こる。

『『キシャアアアアアアアッ――！』』

トカゲとヘビのそれぞれの頭部が咆哮《ほうこう》を上げると共に、トカゲの尻尾切りのように下半身のヘビの部分が千切れて地面に落ち、独立して襲い掛かってくる。

「ちょ、なんだこれは！　ホントになんなんだ⁉　うひっ！」

そんな思いがけない変化だが、既に情報として知っているタクたちの反応は薄い。

「ユンが聞かなかったアンフィスヴァエナの特徴だ！　トカゲの頭部、胴体、下半身の三つの部位毎《ごと》にＨＰが設定されていて、胴体部に一定以上のダメージを与えると、トカゲとヘビが分離するんだ！」

「そんなの、予測できるかぁぁぁぁっ！」

初見ボスの攻略法を聞かなかった俺が悪いのかもしれないが、思わずそんなツッコミを入れてしまう。

事実、アンフィスヴァエナは、胴体部が一番攻撃が当てやすいので、意図的にトカゲの頭部や下半身のヘビに攻撃を集中させないと、胴体にダメージが集中していずれ分離してしまう。

「ちょ、なんかトカゲの攻撃速度が上がってるんだけど！」

「下半身のヘビが分離すれば、発狂モードに入って強くなるぞ！　俺とガンツは、ヘビを優先して倒す！　ケイたちはそれまで耐えてくれ！」

『『『――了解！』』』

「くそぅ、絶対に生き残ってやるからな！」

暴れに暴れ始めるアンフィスヴァエナの上半身を睨《にら》み付けながら、ボス戦は終盤に差し掛かっていく。

●

トカゲの上半身とヘビの下半身を持つ双頭のボスＭＯＢのアンフィスヴァエナの激しい猛攻をケイが耐え凌《しの》ぐ。

終盤の発狂モードで上昇した攻撃力と速度による猛攻で、反撃する隙が得られず盾で防ぎ続けるケイへのダメージが蓄積されていく。

「なかなか、焦《じ》れるなぁ。――《剛弓技・山崩し》！」

「ユンさん、今が耐え時です。――《ダウン・バースト》！」

俺とマミさんがアンフィスヴァエナの上半身に向けて攻撃を放ち、ミニッツが回復魔法とポーションでケイを癒《いや》している。

アンフィスヴァエナは、分離した下半身のヘビにもHPの三分の一ほどを分け与えているので、残りHPは3割を切っている。

ここらで一斉攻撃して一気にHPを削って倒したいが、タクとガンツは離れた場所に誘導した下半身のヘビを優先的に倒しに掛かっている。

今は、チマチマと魔法やアーツの攻撃でダメージを与えていくしかない。

「はぁあっ――《ヘイト・アクション》《フォートレス》《ワイドガード》！」

何度目かのケイの盾系アーツの掛け直しとヘイト集中のスキルが発動する。

俺とマミさんにヘイトが溜《た》まり過ぎないように、定期的に敵対心を集めるスキルを使ってくれる。

『キシャァァァァァァッ――！』

そして起こるのは、トカゲの前脚の叩《たた》き付けからの噛《か》み付きという連続攻撃である。

左右の前脚をケイに振り下ろし、その余波で地面が僅かに揺れる。

一撃毎にノックバックで下がるケイは、盾だけは下げずに再び防ぎきる。

「ケイ、回復よ。――《メガ・ヒール》！」

「助かる！　ふぅ、発狂モードはキツイが下半身のヘビの横槍《よこやり》がなくなった分、集中できる！」

また、ヘビの部位が分離したことで、繋《つな》がっている胴体を支点にした巻き付きからの放り投げの攻撃も失ったらしく、発狂モードでの陣形崩しの心配もなくなった。

そういう意味では運営の優しさか、ボスは強くなったが同時に不確定要素が減ったと言える。

そして、俺とマミさんは、アンフィスヴァエナの本体からのヘイト値を気をつけながら、攻撃を繰り返していく。

そして――

「これで終わりです！　――《ダウン・バースト》！」

上空からの下降気流がアンフィスヴァエナの頭部を殴り付ける。

『キシャァァァァァァアッ――！』

荒野の大地に倒れ伏したアンフィスヴァエナが断末魔の叫びを上げながら、光の粒子となって消えていく。

またそれに合わせて、タクとガンツが相手をしていた分離した下半身のヘビも本体に連動して倒れ、光の粒子となって消えていくのが見え、タクとガンツが戻ってくる。

「くっそー、俺たちがサクッとヘビを倒して、アンフィスヴァエナの本体を格好良くトドメを刺したかったのに」

「まぁ、いいじゃないか。マミさんとユンの活躍で早く倒せたんだから」

悔しがるガンツをタクが宥《なだ》めつつ、今回のボス戦のMVPは俺とマミさんだと言う。

「なぁ、タク？　その、マミさんは分かるけど、俺もか？」

「うん？　当たり前だろ？　開幕の弾幕攻撃や中盤からの安定した高威力アーツは、ダメージディーラーとして十分な活躍だろ？」

「それに俺の不覚で後衛を守れなかった時もマミとミニッツと一緒に耐えてくれて助かった」

普通に、物理遠距離持ちの戦闘職としては高いレベルだよな、と屈託なく笑うタクと不測の事態の対応にケイから感謝され、俺はニヤけそうになる。

最初は、ゴミセンスとか不遇センスでの構築だったけど、OSOを続けてアップデートでの調整やセンス同士の組み合わせなど、少しずつ生産系センスだけじゃなくて戦闘系センスも鍛えて、装備も強化してきた。

　だからこそ、タクにそう評価されるのは嬉《うれ》しくもあり、同時に今まで積み上げてきた生産職としてのプライドもあるために、むず痒《がゆ》く感じる。

　戦える生産職……なんか、格好いいかも。

「ユンちゃん、タクにそう言われて嬉しいみたいね？」

「面白い表情になってます……」

「えっ!?　そ、そうなのか？」

　ミニッツとマミさんがちょっと面白そうな目で俺の顔を見つめてくるので、ハッとして自分のニヤけた顔を両手で揉《も》むようにして確かめる。

「おーい、ボスを倒したんだから、砂漠エリアに行ってポータルを登録するぞー」

　だが、そんな俺の気持ちなど気付かず、さっさと先頭を歩いて行くタクを見つめ、小さく苦笑が零《こぼ》れる。

　相変わらずタクは、ゲーマーをやっているなぁ、と思ってしまう。

「わかったよ！　って言うか、さっさと行くなよ！」

　俺がタクの後を追って歩いて行くと、俺の隣に近づいてきたガンツが尋ねてきた。

「それより、戦闘途中のアレってなんだったんだ？　ユンちゃんの使うエンチャントとも違う緑色のオーラのやつ！」

「そう言えば、敵の炎のブレスもそれで受け流していたわよね。実際、何を使ったのかしら？」

「えっと、あれは……」

同じくミニッツにも炎のブレスを受け流した手段について聞かれた俺が、なんと説明しようか、と悩んでいると、インベントリに収納していた召喚石から勝手にイタズラ妖精のプランが飛び出してきた。

「それは、あたいの力なのさ！　さぁ、あたいの凄《すご》さを讃《たた》えるが良いのだ！」

俺は空中に勝手に現れたプランの存在と、戦闘中に使ったイタズラ妖精の召喚石とその《簡易召喚》について説明する。

「くぅ～、妖精関係のイベントも追加されてたのか～！　それに効果も回避主体の俺には、羨ましい！」

「でも、ようやくって感じよね。だって、ユンちゃんとイタズラ妖精の……プランちゃんだっけ？　前から仲いい姿見てたから、やっとパートナーになったって感じよね」

ミニッツの言葉に、確かに今更感はあるが、それは一周年アップデートで恒常化された妖精クエストの関連でのイベント追加かもしれないから、なんとも言えず苦笑する。

そして、荒野の赤茶けた大地から黄色い砂地が見える砂漠エリアに、俺たちは足を踏み入れた。

「勢いで出てきちゃったけど、あたい、もう疲れたから帰るね！　じゃあ、またね～！」

そう言って、勢いで現れたプランは、まさに嵐のように召喚石に戻っていく。

今頃は、【アトリエール】の個人フィールドで涼んでいるのだろうか。

「ホントにイタズラ妖精は自由気ままだな。それにしても確かに暑いな。ここが砂漠エリアかぁ……」

じりじりと砂漠を照らす太陽と遠くで空気が揺らめく蜃気楼《しんきろう》を見つめていると、目の奥がチリッとした痛みを感じ、ふらっと立ち眩《くら》みのように体が傾《かし》ぐ。

「うぉっ!?　ユン、大丈夫か？」

「だ、大丈夫……じゃない、なに、この環境、辛《つら》い……」

目を開けていられないほど辛く、暑さにじりじりとダメージを受ける。

「ユン、【空の目】を外せ！」

荒野エリアを横断するために耐熱効果を付与する【クールドリンク】を飲んでいたのに、それでも足りないようだ。

俺は、ガンツやケイたちが布を広げて作ってくれた影の下で半目でメニューを操作して【空の目】のセンスを外して、代わりに【炎熱耐性】センスを装備する。

更に、日射《ひざ》しを遮るために外套《がいとう》型のアクセサリーである【夢幻の住人】を取り出してスッポリと被《かぶ》る。

「《属性付加《エレメント・エンチャント》》──アーマー。ふぅ、さっきより多少マシになった」

火属性の属性石を砕いて、自身に火属性の防御エンチャントを施せば、ようやく一息吐《つ》くことができた。

「いきなり砂漠エリアで倒れるとは思わなかった。ユンは、炎熱ダメージに弱かったか？」

「いや、炎熱ダメージは、そこまでじゃない。でも、日射しが強くて、目が痛い」

冷静に分析すれば、砂漠エリアの炎熱ダメージは、荒野エリアの地下に広がる地下渓谷の底から転移できる地底エリアの炎熱ダメージと同等だと感じる。

俺がダメージを受けたのは、視認能力を高める【空の目】が、逆に見えすぎることで砂漠の強い日射しに強烈に反応してしまったためだ。

「砂漠エリアだと、【空の目】は使えないかぁ……」

「一応、夜とかの日射しがない環境なら使えるだろうけど、夜は夜で炎熱ダメージから寒冷ダメージに切り替わるからなぁ」

どうやら砂漠エリアは、昼間は炎熱ダメージ、夜間は寒冷ダメージと環境が激しく切り替わるらしい。

更に、昼夜で出現するＭＯＢも違うなど、様々なギミックがあるらしい。

「【アトリエール】に帰ったら、砂漠対策を考えないとな。できれば、【空の目】を外さなくても済む方法を考えないと。あれがないとＤＥＸのステータスが結構下がるんだよなぁ」

「まぁ、とりあえず、ポータルを登録しておこうぜ」

まだ目が痛み、視界が若干ぼやける俺の手を引いて、タクがポータルのある場所まで連れて行ってくれる。

「ユンちゃんをリードしているわね。流石《さすが》、幼馴染《おさななじみ》」

「くーっ！　このモテ男、さりげなくユンちゃんの手を握って！」

ヒソヒソ話をするミニッツと砂漠で地団駄を踏むガンツに、ぼやけた視界でジト目を向けて、何を言っているんだと見つめる。

呆《あき》れ気味なケイがマミさんの歩幅に合わせて先に進んでいるのを感じながら、タクに誘導されながら歩く。

砂の丘を越えた先には、風に流される砂が緩やかな起伏の変化を作り続ける砂漠が広がっていた。

そんな砂漠の中に、大きな石の土台とその上に立つ先端が尖《とが》った四角形の石柱――オベリスクがあった。

「凄い、大きなオブジェクト」

「オベリスクだな。砂漠エリアは、広くて風景もあんまり変わらないから、プレイヤーが迷わないための目印じゃないかって言われてるんだ。それと、他の目印としては、アレだな」

徐々に目が慣れ始めた俺が、タクが指差す方向に目を凝らせば、青い空に逆三角形の建造物が見える。

「うぉっ!? 空に浮いてる!?」

「ぷっ、まぁ浮いているように見えるな。けど、アレは蜃気楼《しんきろう》だ」

「……蜃気楼？」

小さく吹き出したタクがその正体を蜃気楼だと言い、俺は小首を傾げて聞き返す。

そんなタクは、楽しげに空に浮かぶ逆三角形の建造物について説明してくれる。

「そう、蜃気楼の逆さピラミッドだ。砂漠エリアの外縁部でプレイヤーが進むべき方向を見失わないために、砂漠エリアのどこからでもああやって見えるんだ」

「へぇ、つまりあそこが砂漠エリアの中心なんだな」

このオベリスクといい、蜃気楼の逆さピラミッドといい、プレイヤーの誘導が上手《うま》いなぁと、説明されて思ってしまう。

「ある程度、逆さピラミッドに近づくと、蜃気楼が消えて本物のピラミッドが見えてくるらしいぞ」

「そうなんだ、楽しみだなぁ」

俺は、素直に感嘆の声を上げながら、蜃気楼の逆さピラミッドの風景をスクリーンショットに収めていく。

そして、そんな俺の様子をガンツたちが微笑《ほほえ》ましそうに見つめているので、急に恥ずかしくなる。

「と、とりあえず、ポータルの登録をしてから、この後のことを考えないとな」

俺は、空に映る蜃気楼の逆さピラミッドに背を向けて、オベリスクの近くにある転移オブジェクトのポータルに触れて、転移先を登録する。

「俺は、一度戻ってクロードに砂漠エリア用の対策装備を相談するけど、タクたちはどうする？　一緒に戻るか？」

砂漠エリアの炎熱環境や日射し対策については、裁縫師のクロードに相談すれば間違いないだろう。

俺がそう伝えると、タクたちも一緒に戻るようだ。

「今の状況でも砂漠エリアで活動はできるけど、実際に来てみると少し辛いからな。俺たちも準備に戻るわ」

「それに、アンフィスヴァエナ戦の反省もしないといけないからな」

タクの言葉にケイが補足しつつ、全員で砂漠エリア北から第一の町のポータルに転移し、その足でクロードのお店の【コムネスティー喫茶洋服店】に向かう。

「ユンの対策は、その外套に【炎熱耐性】の追加効果を付与することか？」

「そのつもり。センスの方の【炎熱耐性】と合わせれば、十分だと思うけど、どう思う？」

「いいんじゃないか？　俺たちは、店で反省会でも開いてるわ」

そんな話をしながら【コムネスティー喫茶洋服店】に向かい、店内でタクたちと別れた後、クロードのところに向かう。

「クロード、ちょっと相談いいかな？」

「うん？　ユンか。タクたちと一緒に来たのに、俺に声を掛けてくるなんて珍しいな」

店内にプレイヤーの集団が入ってきたことには気付いていたようだが、その相手が俺とタクたちだとわかって少し不思議そうにする。

「ちょっと、タクたちと一緒にアンフィスヴァエナを倒して、砂漠エリアまで行ったんだ」

「なるほど、アンフィスヴァエナの討伐か。その直後に俺に用って言うと、砂漠エリアで何か問題が？」

　こういう時は、本当にクロードは話が早くて助かる、と苦笑しながら相談する。

「砂漠エリアの炎熱環境がキツイから、【夢幻の住人】に【炎熱耐性】の追加効果を付けてもらおうと思って。それと砂漠の日射しと【空の目】のセンスの相性が悪くて、その相談なんだ」

　俺がその相談を持ちかけると、クロードは顎に手を当てて考え込む。

「ふむ、なるほどな。【炎熱耐性】の追加効果を持った張替小槌《はりかえこづち》が在庫にあるからすぐに【夢幻の住人】に付与できる。それと、アンフィスヴァエナのドロップアイテムは、何が出たんだ？」

「そういえば確かめてなかった。えっと……ドロップは、【双頭蛇竜《そうとうじゃりゅう》の抜け殻】だって」

「それは、【炎熱耐性】か【寒冷耐性】を一段階引き上げてくれる強化素材だ」

　砂漠エリアの厳しい環境への対策アイテムとして、ボスのアンフィスヴァエナのドロップに強化素材を用意していたのだろう。

「それと砂漠の日射し対策としては、メガネやゴーグル、仮面なんかのアクセサリーに【遮光】という追加効果を持たせればいいんじゃないか？」

「メガネやゴーグルかぁ」

メガネを身に着けている人物として目の前にいるクロードの顔を見つめ、次に、注文したケーキを美味《おい》しそうに食べるマミさんを振り返る。

他にも思い当たるプレイヤーは、ミュウパーティーのコハクがメガネを掛けており、【素材屋】のエミリさんは仮面、ギルド【ＯＳＯ漁業組合】のシチフクはゴーグルを着けている。

「メガネかぁ……俺がメガネ……」

「ふむ。悩むようなら遮光眼鏡と【夢幻の住人】を合わせた砂漠エリア用のトータルコーディネートを――『いや、要らないから』――ふぅ、残念だ」

露骨に残念そうにするクロードだが、ふっとコーヒーを一口飲み、別の提案をしてくる。

「とりあえず、試着用に何種類かのメガネはある。その中から気に入ったメガネフレームを選んで後で自分で遮光効果のあるレンズを用意すればいいだろう」

「そうだな。それがよさそうだな」

その瞬間、クロードがニヤリと不敵な笑みを浮かべる。

「ついでに、メガネに合わせた試着服も用意しておく。さぁ、撮影会と行くか！」

「えっ、ちょ！　なんでそうなる！　ちょ、タク、助けて……」

「ユン、ガンバレよ～」

困惑する俺を愉快そうにタクが見送る。

「面白そうね！　私も試着してみようかしら？　マミも一緒に行きましょう！」

「わ、私ですか！　え、ええっ、えええっ――！」

そして、俺の試着に便乗する形でマミさんの手を引いたミニッツも付いてくる。

「ユンちゃんとマミは、可愛《かわい》いじゃない。メガネが似合うコーデ！　いつも落ち着いた感じの装備だから新鮮！」

「うむ！　色々とインスピレーションが刺激される！」

クロードとミニッツのパワーに押し負けた俺とマミさんは、引き攣《つ》った笑みを浮かべながらもメガネとメガネが似合う装備を試着していく。

もちろん、ミニッツも一緒に試着していくが、ノリノリで試着して色んなポーズを決めて非常に楽しんでいる。

「あー、楽しかった」

「うむ、いい試着の撮影ができた！　撮影代の代わりだが、お茶代はタダにしておこう！」

試着と撮影を楽しんだクロードとミニッツは、非常に満足そうな表情をしていた。

「ふぅ、俺は、つ、疲れた〜」

「は、はひぃ、疲れました〜」

対する俺とマミさんは、慣れないことをしてぐったりしている。

精神的な疲労感では、アンフィスヴァエナ戦よりも疲れたかもしれない。

とりあえず、試着として色んな服と一緒に様々なメガネを掛けてみた。

どれも俺に似合うのだけれど俺の好みに合わず、結局選んだ男性向けの服装に合った無骨なゴーグルを元に自作することにしたのだった。

二章　遮光ゴーグルと砂漠横断

【アトリエール】の工房部で俺は、砂漠エリアを渡るために必要な遮光ゴーグルを作っていた。

「ふぅ、フレームはこれでいいかな？」

俺が手に取ったのは、遮光ゴーグルのレンズを嵌《は》め込むフレーム部位だ。

やや楕円《だえん》形の穴が二つ並んだミスリル製のフレームができた。

レンズが曇らないようにフレームに通気口を作り、顔との密着面には、痛くならないようにクッションを埋め込み、別に用意した伸縮性のあるベルトを通せばゴーグルの形になる。

「ちょっと着けてみようかな？」

長い髪を持ち上げて頭の後ろにベルトを回し、ゴーグルの位置を調整しながら、着けてみる。

「おー、こうなるのか。結構、視界が狭まるなぁ」

どうしてもレンズを嵌めるフレームの分だけ視界が制限されてしまう。

「フレームはミスリルで作ったから軽くできたし、後は、太陽の光を反射しないように、メッキ処理して黒くしておこう」

一度、ゴーグルの各パーツを分解してミスリルのフレームだけにしたら、燻《いぶ》し液である【シェイド濃緑染料】に浸して表面を黒くしていく。

「さて、乾くまでレンズを作るかな。早速、エミリさんから教えて貰《もら》ったレシピを使うとは思わなかった」

そう呟《つぶや》く俺は、【アトリエール】のアイテムボックスから、高原エリアの花畑に集まる妖精NPC《ノン・プレイヤー・キャラクター》たちが落とす【妖精の鱗粉《りんぷん》】と【砂結晶】を取り出す。

「エミリさんから教えて貰ったのは、合成のレシピだけど、【装飾師】センスでも作れるよな」

サンプルで貰った【妖精硝子《ガラス》】だとゴーグルのフレームの大きさと合わなかったので、一から作らないといけない。

俺は、【砂結晶】に【妖精の鱗粉】を混ぜて、魔導炉に流し込み、溶け出るのを待つ。

そして、溶け出て冷えた【妖精硝子】を手に取る。

「一応できたけど、色合いがちょっと薄いかな？　もう少し【妖精の鱗粉】の割合を増やすか」

その後、何度か【砂結晶】と【妖精の鱗粉】の配合比率による【妖精硝子】の色合いを確かめる。

【妖精の鱗粉】の量が少ないほど色合いが透明に近く、量が多いほど玉虫色に近くなるようだ。

個人的には、その中間のセピア色で光の反射によって虹色に変わるのが好みなので、その分量で【妖精硝子】を作る。

【砂結晶】と【妖精の鱗粉】を混ぜた物を【魔導炉】の高温で溶け出てきた【妖精硝子】は、多くの気泡を含んでいたり、罅《ひび》割《わ》れている。

「あー、このままじゃ使えないなぁ。【錬成】センスだと綺麗《きれい》にできるんだよなぁ……」

完成した【妖精硝子】とエミリさんがくれたサンプルの【妖精硝子】を見比べて、そう呟く。

魔導炉から出てきたものは、気泡や罅割れで光の屈折具合が違ってまた美しいが、遮光レンズとして使うには不適切だ。

「うーん。とりあえず……砕くか」

俺は、気泡や罅割れを含んだ【妖精硝子】が飛び散らないように袋に入れて口を縛り、その上から鍛冶用のハンマーを振り下ろす。

徐々に小さくなる硝子の塊を感じながら、ある程度の大きさになったのを感じて、袋の口を開き確認する。

「よし、できてるな。いくぞ――《上位変換》！」

袋の中には、砕けて【妖精硝子の欠片《かけら》】という状態になった硝子があった。

俺は、袋の中身に対して【錬金】スキルの上位変換を行う。

同種のアイテムを錬成して、更に上位のアイテムを作り出すセンスだ。

今は、【合成】センスと統合して【錬成】センスになったが、均質な素材アイテムを作るには、この方法しか思い付かなかった。

そして――

「おおっ、綺麗にできてる」

砕かれた【妖精硝子】が【上位変換】によって作り直され、気泡や罅割れのない均質なガラスとなった。

「この大きさなら、金属フレームより大きいから遮光レンズを作れるな」

アクセサリー作りで使う鉱石や原石の切断用の糸鋸《いとのこ》を使い、【妖精硝子】の塊から厚さ2センチほどの硝子を切り出す。

そして、切り出した硝子を今まで培《つちか》った研磨技術によって、ゴーグルのフレームに合わせてサイズを整えながら表面を磨き上げていく。

「厚さは、もう少し薄い方がいいかな？　それに、表面も綺麗に磨き上げないと」

最初はサイズ調整のために荒削りから始まり、徐々に目の細かな物で研磨して艶を出していく。

そして、左右のレンズの大きさ、重さ、厚み、歪《ゆが》み具合などに違いがないか確かめつつ、綺麗に洗浄して、ゴーグルのフレームに嵌め込んでみる。

「よし、できた！　後は組み立てて、完成だな！」

そして組み上がったゴーグルに、【遮光】の追加効果を持った張替《はりかえ》小槌《こづち》を振るい、追加効果を移し替える。

ワーカー・ゴーグル【装飾品】（重量：2）

INT＋5、DEX－5　追加効果【遮光】【光属性耐性（小）】

メガネなどと同じアクセサリーなので、魔法攻撃力であるINTが上がるようだが、その反面、視界の制限と色付きレンズにより器用さのDEXが下がるようだ。

追加効果の【遮光】は、強烈な光によるエフェクトの影響を軽減してくれる効果である。

例えば、光属性の魔法薬である【閃光液《フラッシュ・リキッド》】には強烈な光によるスタン効果があり、そうした強烈な光のエフェクトによる効果を防いでくれる。

PVP《プレイヤー・バーサス・プレイヤー》では、【閃光液《フラッシュ・リキッド》】や【音響液《エコー・リキット》】がスタングレネードやフラッシュバンモドキのアイテムとして使われている。

それらを防ぐために【遮光】の追加効果が用意されたとも言われている。

そしてもう一つ【光属性耐性（小）】の追加効果は、【妖精硝子】を素材にしたために得た追加効果である。

「とりあえず、砂漠横断用の装備はできたかな。着けてみるか」

俺は、クロードに【炎熱耐性】を付与してもらった【夢幻の住人】を羽織り、ゴーグルを着けてみる。

自分自身の姿は見えないが、メニューで全身の装備状況と立ち姿を確認すれば、レンズの透明度があるために、ゴーグルに黒マントを身に着けていても怪しさはない。

逆に、無骨な感じなのでどこかスチームパンク系のコーディネートのようにも見える。

「これはこれで、悪くないかも」

ステータス画面で全身を確認して、デザインや着こなし的にも問題ないことを確かめる。

「とりあえず、これで砂漠エリアをどれだけ耐えられるかだな」

俺は、【アトリエール】の工房部に置かれたミニ・ポータルで、最近登録した砂漠エリア北部のオベリスク前に転移した。

「うへっ、暑い。けど、耐えられないほどじゃないな」

遮光ゴーグルと【夢幻の住人】の組み合わせで、じりじりとした暑さは感じるが、砂漠環境でのスリップダメージを減らせている。

ここで更に【炎熱耐性】センスのレベルを上げて装備したり、クールドリンクなどの耐熱付与アイテムを使えば、完璧に環境ダメージを抑えられるだろう。

更に、【空の目】を装備したままでも、眩《まぶ》しさに目を開けられないということはないので、とりあえず成功だろうか。

「ふぅ、よかった。これで防げなかったら、夜間の砂漠横断を目指さなきゃいけなかったな」

そうなったら今度は寒冷装備を用意しなければならないが、以前作った冬服装備を利用できるので、そっちの方が手間が少なかったかもしれない。

「さて、戻るかな」

砂漠エリアへの対策が問題ないのを確認した俺は、再びポータルから【アトリエール】

に戻る。

「ユンお姉ちゃん、待ってたよ！」

帰ってきた俺を【アトリエール】の店舗部で、ミュウが待ち構えていた。

NPCのキョウコさんに淹《い》れてもらったお茶を飲みつつ、カウンター席で待っていたミュウが立ち上がり、俺に近づいてくる。

「ユンお姉ちゃん、なにその恰好《かっこう》⁉　格好いいね！」

「あ、ありがとう。ミュウの方こそ、どうしたんだ？　何か用事でもあるのか？」

俺が遮光ゴーグルを外しながら尋ねると、待ってました、とばかりにミュウが語り出す。

「聞いてよ、お姉ちゃん！　みんなと冒険に出るタイミングが合わないの！」

「あー、まぁ、夏休みも終わったんだから、仕方がないって」

苦笑を浮かべる俺は、カウンター席の椅子に座り、ミュウの愚痴を聞く。

ミュウたちのパーティーは、夏のクエストチップイベントを機に自分たちのギルド【白銀の女神】を設立し、その拠点となるギルドホームを手に入れたのだ。

そんな仲良しなミュウパーティーだが、メンバーそれぞれに行きたいエリアやクエストが異なり、更に全員で冒険に出かけられるログインのタイミングが中々摑《つか》めないのだ。

「それで、どこのエリアに行きたいって話が出たんだ？」

「うーんと、北の町のお城の探索、南西の樹海エリアの奥深くの探索、恐竜平原の奥、スターゲートの高難易度シンボルコード、それと二種類の長期クエスト」

色々と行きたいエリアの候補はあるようだが、どれも長い時間が掛かりそうである。

そのために、とりあえずログインしたメンバーで軽めのクエストをやろう、ということになっているようだ。

それについて少し不満があるようで、ミュウの愚痴に相槌《あいづち》を打つ。

「まだミュウたちも行っていないOSOのエリアってそんなにあるんだな」

「そうだよ！　他にも孤島エリアの宝探しも全部はやってないし、火山エリアの鬼人《きじん》の別荘の裏門先とか、第三の町の鉱山の深層探索とか、荒野エリアの南にある砂漠エリアとか！」

攻略が進むほどに、広がるOSOの世界。

それに合わせて最前線と呼ばれるエリアも増えており、プレイヤーはどこから攻略するべきか、多くの選択肢が突きつけられる。

「私としては、もっとみんなと行きたい場所が色々あるんだよ！　でも、時間が足りないの！」

一周年のアップデートで、豊富なエリア追加の他にも、初心者、中級者などに向けてのコンテンツなどが追加されているので、今の活動範囲でも十分に楽しめる。

「俺は、そんなに忙《せわ》しなく動かなくてもいいかなぁ。あっ、でも、今度タクたちと一緒に砂漠エリアに挑むんだ。今日の恰好は、その準備ってところだな」

外した遮光ゴーグルを指差すと、ミュウは羨ましそうにする。

「いいなぁ。砂漠エリアも楽しそう」

「むしろ、今ですら数え切れないほどの遊びの幅があるんだから、色々なエリアへの挑戦に拘《こだわ》らなくてもいいんじゃないか？」

「うっ……確かにそうだけど……ルカちゃんたちと色んなところに行きたいじゃん！」

少し唇を尖《とが》らせたミュウが強く言うので、俺は思わず苦笑が零《こぼ》れる。

「行きたい所があるなら、他の誰かを誘っていくとか？　セイ姉ぇのギルドメンバーなら手伝ってくれるんじゃないか？」

「ダメ！　ルカちゃんたちと行きたいの！」

からかう様に言った俺の言葉に反射的にミュウが答えると、自分自身の本音に気付き、驚いたように目を見開いている。

「なら、どこに行ってもいいんじゃないか？　ルカートたちと楽しめるなら」

「……うん、そうだね。行きたいエリアってのに拘り過ぎてたかも」

ＯＳＯを楽しみたい気持ちとルカートたちと一緒にいたい気持ちの両方ともが強すぎて、苛立《いらだ》っていただけで、ミュウ自身はどっちを優先すればいいか分かっているようだ。

「一緒にただ喋《しゃべ》ってるだけでも楽しいだろ？　あんまりエリアに拘らずに楽しめばいいよ」

「うん！　ありがとう、ユンお姉ちゃん。スッキリした！」

一通り愚痴を吐き出したミュウは、晴れやかな表情で立ち上がる。

「お菓子とか飲み物買って、ギルドホームに戻るね！　ルカちゃんたちと色々と冒険する先について話すのも楽しいからね！」

立ち上がったミュウは、【アトリエール】の出入り口の方に向かって行く。

その途中、ふと足を止めたミュウが振り返り、いい笑みを浮かべている。

「さっき言ったエリア。誰でもは良くないけど、やっぱりユンお兄ちゃんやセイお姉ちゃんたちとなら行ってもいいかな」

もちろん、ユンお兄ちゃんから誘ってくれても良いからね～、と振り返りながら満面の笑みを浮かべるミュウが小走りで店を出て行くのを見送り、俺は小さく呟《つぶや》く。

「全く、こういう時だけお兄ちゃん呼びかよ。そういうお願いされると本当に弱いんだけどなぁ」

俺がミュウをどこか新しいエリアに連れて行くのは難しいけど、何かいい素材があれば、新しいアイテムでも作ってプレゼントしようかと思ってしまう。

「それにしても、本当に俺は、ミュウに甘いなぁ」

開け放たれた【アトリエール】の窓から吹き込む穏やかな風に、俺の呟きが流される。

●

遮光ゴーグルや耐熱装備の準備が終わった俺がタクに連絡を取れば、すぐに砂漠エリア攻略の予定が決まった。

そして当日、俺は【アトリエール】のミニ・ポータルから砂漠エリアのオベリスク前まで転移してタクたちと合流した。

「おー、それがユンの対砂漠エリア装備か。中々様になってるじゃないか」

「どうだ？　俺的に結構気に入ってるんだ」

無骨なゴーグルと黒いマントの組み合わせは、可愛《かわい》さと言うより格好いい部類に入るために、個人的にかなり気に入っていた。

そして、対策装備をバッチリ身に着けたことで、太陽の光や砂漠の暑い環境にも耐えられるようになった。

タクたちも砂漠エリアの対策装備を身に着けている中、一番装備を変えているのは、やはり全身鎧《よろい》を身に着けていたケイだろうか。

「やっぱり、炎熱ダメージの発生する場所だと、金属鎧は使い勝手が悪いのか？」

同じく炎熱ダメージの発生する孤島エリアの時のように、金属鎧を脱ぎ捨てて茶色い革製の盾と鎧を身に着けたケイを見てタクが尋ねるが、どうやらそれだけじゃないようだ。

「一応、ブルライト鋼で作る金属防具なら炎熱ダメージを緩和できるが、それよりもこの砂漠の足場が問題だ。装備の重量が重すぎると、移動もままならんからな」

そう言って、さらさらと流れる黄色い砂を踏みしめれば、足を取られそうになる。

「確かにそうかもなぁ。移動に時間取られそう。でもそれよりも――」

遮光ゴーグルのお陰で眩しさはなくなった砂漠の大地を見回して、俺は声を上げる。

「――なんでアイテムがないんだよぉぉぉっ！」

見渡す限りの砂地には、採取ポイントや採掘ポイントが見当たらず、ただただ黄色い砂が風紋を描いているだけである。

「あー、まぁ、ユンの目当ての【サンフラワーの種油】がある可能性が高いのは、砂漠エリアのもっと奥だろうからな。最短距離でオアシスまで突き進むか？」

「それが良さそうだな。折角、砂漠エリアに来たんだから、色々と素材を手に入れたい」

遠くに見える逆さピラミッドの蜃気楼《しんきろう》の真下にあるオアシスの町まで行けば、色々なアイテムを見ることができるだろうか。

そして、オアシスへの直行ルートに関してタクは、ガンツたちにも意見を聞く。

「どうする？　俺は砂漠エリアの情報をあんまり持ってないけど、みんなもオアシスに真《ま》っ直《す》ぐでいいか？」

「俺は賛成！　別に寄り道する理由もないからな！」

「俺もガンツの意見でいいと思うぞ。現状は、判断材料も少ないからな。回復アイテムもあるんだ。無理な攻略でもないんだろう」

最短距離での突破に乗り気なガンツに対して、ケイは冷静に俺たちの装備状況から判断を下してくれる。

そして、マミさんとミニッツに目を向ければ、二人も同じように頷《うなず》く。

「とりあえず砂漠エリアを真っ直ぐに進むか」

「了解、っと。さて、砂漠エリアには何があるかな」

俺たちは、遠くに見える逆さピラミッドを目印に砂漠エリアを進んでいく。

「ひぃ、ひぃ……結構疲れますね」

「マミ、大丈夫？　足元も悪いし、砂漠の起伏も激しいから大変よね」

そして砂漠エリアを歩き始めて20分程経《た》ち、後衛のマミさんは不安定な砂地を歩き続けて疲れ始めたようでフラフラしている。

「少し休憩を挟んだ方がいいんじゃないか？」

「そうだな。あそこの砂丘まで上がろう。そこなら周囲の見晴らしもいいから警戒しやすい」

ケイの提案にタクが砂丘の頂上を指差し、そちらまで進む。

とは言っても、ここに来るまでの間に砂漠エリアの様子を肌で感じ取り、敵ＭＯＢによる奇襲とかはないと感じている。

「マミさん、ここに座って。それと飲み物のクールドリンク」

「あ、ありがとうございます……」

ヘトヘトで汗も掻《か》いているマミさんに耐熱効果を付与するクールドリンクを渡して、日射しから守るために布を張って即席の日陰を作る。

日陰の下に敷物《しきもの》を敷いて横になるマミさんに、ローブの内側からモゾモゾと這《は》い出してきた合成ＭＯＢのウィンドジェルが心配そうに涼しい風を送っている。

「あちぃ……結構疲れる」

炎熱耐性を高めて、いざ砂漠エリアに突入しても、俺たちのＨＰはジリジリと砂漠の熱の前に奪われていく。

それと同時に俺たちのメニューに一つのカウントダウンが追加されていた。

「残り――1時間40分か……」

砂漠エリアでの活動限界時間、と言うやつみたいだ。

どれだけ炎熱耐性を高めて、ＨＰを高く保ち、【蘇生薬《そせい》】を持とうとも、この時間を過ぎれば、強制的に死に戻りさせられる恐怖のカウントダウンギミックである。

全2時間で砂漠エリアのオアシスまで辿《たど》り着かなければいけないが、一応運営からの温情は存在した。

「幸い、敵ＭＯＢは全部ノンアクティブだから、邪魔されることは少ないけど……」

本当は砂漠の敵ＭＯＢを倒して素材を集めながら進みたいが、砂地に足を取られ敵ＭＯＢまで襲って来られたら、到底2時間で砂漠の横断をすることはできない。

砂漠の逆さピラミッドの蜃気楼を見上げてもあまり近づいた気がしない。

ただ愚直に歩いただけじゃ砂漠横断は難しそうだと感じる。

そんな中でも元気なガンツは、手持ち無沙汰から砂丘の頂上に立ってある物を取り出す。

「じゃーん！　今日は、このボードを持ってきたぜ！」

「ああ、孤島エリアでやった水上スポーツで使った木製のボードか？　それで何をするんだ？」

ガンツが取り出したのは、やや反りの入ったボードである。

以前に孤島エリアでＭＯＢ式エンジンを搭載したボートを作り上げ、それに牽引《けんいん》されることで水上スキー擬《もど》きをミュウたちが楽しんだが、その時に使った道具のようだ。

「見てろよ、こうやって、砂丘の上から滑り降りるんだ！　ヒャッホー！」

そんなボードに乗ったガンツは、砂丘の上からスノーボードでもするように滑り降りていく。

その光景に力なく笑う俺やマミさんと、呆《あき》れ気味なミニッツがぼんやりとその様子を眺める。

「おー、すげぇ……結構速度出るな。もう少し大型化して帆を付ければ、砂漠エリアの移動手段になるのか？」

ウィンドサーフィンのような構造なら砂丘を越えるのは難しいが、砂丘の谷間を縫うように進むだけなら十分に移動手段になりそうだと考える。

だが、そうした道具を即興で作るには、砂漠エリアには素材が足りないのだ。

木製のボードを作る木材、風を受ける帆を作る布素材など、使える物はあまりに少ない。

今は、暑さと迫るカウントダウンにジリジリと焦《あせ》りを感じる中で、タクが俺に提案してくる。

「なぁ、ユン。お前一人だけなら、オアシスまで行けるんじゃないか？」

「はぁ？　なんだ、それ……」

タクの提案に訝《いぶか》しげな表情で見返す。

「ユンの使役ＭＯＢのリゥイに乗れば移動は速いだろ？　ユン一人だけなら、ノンアクティブなＭＯＢが多い砂漠エリアを抜けられるんじゃないかと思ってな」

そんな提案をするタクに俺は、不満げに答える。

「却下。そんなの納得できるわけないだろ？　俺一人で砂漠エリアを越えても意味がない。今度、そんなつまらないこと言ったら怒るぞ！」

砂漠エリアの暑さで若干苛立《いらだ》ちもあったのかもしれない。

少しトゲのある言い方に、気まずくなって視線を逸《そ》らす。

「悪い、俺も言い過ぎた」

「いや、ユンの言うとおり諦めるのは早いよな。途中でこのカウントのリセットポイントとかもあるかもしれないし」

良い笑みを浮かべるタクに、少しトゲのある言葉を投げかけた自分が負けたような気がして、マントのフードを深く被《かぶ》る。

ミニッツが、やっぱりタクとユンちゃんって良い関係よねぇ、みたいなことを呟《つぶや》いているが、それを無視して現状の打開方法を考える。

実際、今のペースのままだと、全員に速度エンチャントを掛けても2時間以内には絶対に間に合わないだろう。

それにタクの言うとおり、リゥイの背に乗って移動する方法も実際悪くない。

だが、リゥイの背に乗れるのは、多くて二人だ。

そうなると残り四人分の移動速度を上げる方法を考えないと、全員での砂漠横断は失敗になる。

「さて、どうするか……うん？」

今の今まで暑さで周囲に気を払っていなかったが、一つ隣の砂丘をラクダ型MOB――キャラメル・キャメルの群れが歩いている。

長い睫毛《まつげ》ととぼけたような表情に、名前通りのキャラメル色の体毛のラクダたちが、しっかりとした足取りで砂漠の砂地を歩いている。

「あー、背中には、瘤《こぶ》が二つある……」

あの瘤の間に挟まったら安定しそう、とか、前の瘤にしがみつけば、落ちなさそう…などと思っていると閃《ひらめ》いた。

「――っ！　タク！」

「なんだ!?」

「あのラクダを捕まえてくれ！　絶対に倒すなよ！」

急に立ち上がり、タクへ頼み事を告げる俺に、タクの表情も驚き、そしてニヤリと楽しげに変わる。

「っ!?　そうか、そういうことか！　ガンツも手伝え！」

「なんだ!?　よく分からないけど、あいつら捕まえればいいのか？」

「捕獲なら、私の魔法も役に立つわよ」

タクの呼び掛けに、ガンツとミニッツもキャラメル・キャメルの捕獲を手伝ってくれるようだ。

「それじゃあ、俺が先回りするな！」

早速ガンツは、ボードに乗って砂丘を滑り下り、先頭を歩くキャラメル・キャメルに接近する。

「はぁぁあっ――せりゃっ！」

「ガンツ、倒すなって言っただろ！」

「大丈夫だって、【手加減攻撃】しているから！」

以前、マミさんに渡した初代・合成ＭＯＢのウィンドジェルは、格闘センスを付けたガンツの突っつきによりダメージを受けて消滅してしまった。

その時に、素手での攻撃で敵ＭＯＢを倒さないようにダメージを与える【手加減攻撃】を身に付けたガンツは、手近なラクダを殴って大人しくさせる。

「ミニッツ、他の奴《やつ》が逃げたぞ！」

「任せて――《エンゼルリング》！」

タクも弱めの長剣に切り替えてキャラメル・キャメルの一体を捕まえた後、キャラメル・キャメルの群れがバラバラに逃げ始める。

そこをミニッツの光魔法の光輪がキャラメル・キャメルの脚を縛り上げ、砂地に転倒させる。

『『『ヴォォォォォォォッ――』』』

そうして、タクたちが捕まえた三体のキャラメル・キャメルは、少し不満そうに鳴き声を上げて連れてこられる。

「ごめんな、突然襲い掛かって」

『ヴォォォォォォォッ――』

俺が一体のキャラメル・キャメルの首筋を撫《な》でると、不満そうな半目を向けて、抗議の鳴き声を上げてくる。

「悪かったって、お詫《わ》びに食べ物をやるからさ」

俺がインベントリから食材系アイテムの野菜を取り出すと、キャラメル・キャメルはそれに食らいついてモグモグと食べる。

「おっ、やっぱり、ユンがやろうとしているのは【調教】センスの餌付けか？」

「まぁ、そんなところかな。リゥイやザクロみたいな契約じゃなくて、砂漠エリアの移動にだけ力を借りる感じでな」

以前、風邪で寝込んだミュウの代わりにルカートたちと一緒に恐竜平原に行った時、ヴェローラプトルたちを同じような手段で手懐《てなず》けたのだ。

今回のキャラメル・キャメルは、近づくと逃げようとするノンアクティブなＭＯＢだったので、捕まえるために少し手荒な真似《まね》をして申し訳なく思う。

そのお詫びも兼ねて、餌付けには色々な食べ物を提示していく。

「肉や魚……は、興味を示さないか。野菜や果物、薬草系は食べてくれるんだな」

とぼけた表情のまま食べるが、餌付けの食べ物によって瞼《まぶた》の閉じ具合が変わるのが愛《あい》嬌《きょう》がある。

手持ちの食材アイテムなどを片っ端から渡して反応を調べた結果——

「一番の好みは、山岳リンゴとチワボンの葉か。次に生命の水も好きなんだな。じゃあ、もう少し食べるか？」

俺がそう提案すると三体のキャラメル・キャメルは、目を輝かせてもっと寄越せと言うように催促してくる。

とぼけたような表情と目を輝かせて甘えてくる時のギャップは、中々に可愛《かわい》いものがある。

そして——

『『『ヴォォォォォォォッ——』』』

十分に食べ物と水分を取って満足したのか鳴き声を上げた後、背に乗れとでも言うように座る。

「やったな、ユン！　これで砂漠横断が楽になるぞ！」

「早速乗ってみようぜ！」

一番にガンツがキャラメル・キャメルの瘤の間に跨《また》がると、すっと立ち上がってみせる。

「おおっ、踏ん張りは利《き》かないけど、結構乗り心地悪くないなぁ。ちょっと歩いてみてくれ」

背中の毛が分厚くて跨がった時にフィットし、前後の瘤の間に挟まり、安定しているようだ。

そして、ガンツの指示も聞いてテクテクと歩くキャラメル・キャメルは、俺たちが砂漠を歩くよりも圧倒的に速い。

「それじゃあ、次は私ね」

続いてミニッツもキャラメル・キャメルの背に乗り、日陰で少し回復したマミさんも起き上がり、こちらに懐《なつ》いてくれたキャラメル・キャメルの背中を撫でている。

「可愛いですね。よっと、わわっ……」

マミさんがよじ登るようにして背中に跨がり、バランスを崩しそうになったところをケイが支える。

「一人で乗ると危ないぞ。俺も後ろに乗ろう」

「は、はい……お願いします」

まだ砂漠の暑さで顔が少し赤いマミさんの後ろにケイも乗る中――

「ちょっと待て、タクがまだ乗ってないだろ。俺はリゥイに乗るから、ガンツかミニッツはタクを後ろに乗せてやってくれ」

テクテクと馴《な》らすためにこの場で軽く歩いている三体のキャラメル・キャメルを見て俺

がガンツとミニッツにお願いするが、二人は互いに顔を見合わせる。

「えー、タクと男同士で二人乗りするのは、なんか嫌だぞ」

「そう言うユンちゃんが、タクと一緒に二人乗りすればいいんじゃない？」

「いや、そうなんだけど……」

砂漠エリアの暑さでフラついているマミさんとそれを支えるためにケイが二人乗りするのは仕方がないが、リゥイの背にタクを乗せる場合は、俺の後ろに密着して暑苦しそうで嫌なのだ。

そんな俺の反応に何故《なぜ》かニヤリとしたガンツとミニッツは――

「さぁ、行くわよ！」

「おう！　行くぜ！」

自身が騎乗するキャラメル・キャメルの背中を叩《たた》いて、遠くに見える逆さピラミッドの蜃気楼《しんきろう》を目指して走り始めたのだ。

「俺たちも行くか」

「は、はい……」

そして、その後を追うようにケイとマミさんの乗るキャラメル・キャメルも走り始める。

「ユン、頼めるか？」

「全く、後ろに密着されると暑苦しいのに――《召喚》リゥイ！」

俺は、リゥイを召喚してタクと共にその背に乗る。

「お前ら、待てぇぇぇぇっ！」

そして、砂漠の大地を力強く踏みしめたリゥイがガンツたちを追い掛けながら、砂漠エリアのオアシスを目指すのだった。

●

走り出したガンツたちのキャラメル・キャメルを追い掛けると、すぐに追いつく。

「全く、急に走り出すなよ」

「ごめん、ごめん！　でも、本当に進むのが速いわね」

『ヴォォォォォォッ――』

軽く謝るミニッツがキャラメル・キャメルの背中を撫でると、首を後ろに回して一鳴きする。

徒歩で砂漠を進むよりも一歩の歩幅が大きく、安定するためにこれまでの倍以上も速く進むことができる。

「残り時間は1時間20分か、ちょっと余裕ができそうだな」

「なぁ、余裕ができそうなら、ちょっと寄り道しないか！　砂漠エリアのＭＯＢを倒したり、オブジェクトを調べたりしてさ！」

「いや、そこまで余裕はないと思うぞ。第一目的のオアシスへの到達を最優先にした方がいいだろ」

騎乗ＭＯＢたちが横に並び、ガンツの意見にケイがそう言葉を返し、タクが頷き、三人で砂漠エリアの横断について話し始める。

そんな中、俺は、とりあえずリゥイを逆さピラミッドの蜃気楼の方向に進ませながら、目に見える範囲の砂漠エリアを見回す。

「結構、見える景色が違うなぁ」

さっきまで徒歩で足下を気にしながら進んでいたが、リゥイたちの背に乗って少し高い視点から見る砂漠エリアは、違って見えた。

ポツポツと点在する岩場のオブジェクトを中心に小型のノンアクティブＭＯＢたちが集まっていたり、オアシスまでの一直線上のコースから少し外れた所に採掘ポイントや目立つオブジェクトなどを見つけることができた。

「きっと、時間を掛けさせるために こんな配置にしたんだろうなぁ……」

砂漠エリアでは、寒暖差から活動限界の制限時間が設けられている。

今回のように徒歩での横断では難しい砂漠エリアだが、何らかの移動手段を用意すれば、余裕が生まれる。

そうした時に、更に寄り道する選択肢としてオアシスまでの経路から少し外れた所にオブジェクトや敵MOBなどを配置しているのかもしれない。

または、オアシスまでの最短経路付近の敵MOBがノンアクティブなだけで、少し経路を外れたらアクティブなMOBが襲ってくるかもしれない。

「オブジェクトに釣《つ》られて探索や素材採取、MOB討伐に時間を掛けると、砂漠での活動限界時間が来る。まさに誘惑だよなぁ」

そんな俺の呟《つぶや》きが聞こえたのか、タクとケイに寄り道の説得をしていたガンツが黙り込む。

「――ってユンは考えているみたいだけど。ガンツ、どうする？」

「真《ま》っ直《す》ぐにオアシスに行くのがいいと考えを改めた」

「それが賢明だな」

なにやらタクたちの方では話が決まったらしく、寄り道なしでオアシスに進むことになったようだ。

そして――

「それにしてもリゥイの背中は、涼しいなぁ。リゥイは、砂漠エリアの暑さ平気か？」

俺が召喚したリゥイの首筋を撫でながら尋ねると、大丈夫と言うように一鳴きして澄ました顔で砂漠を進んでいく。

水と浄化の力を持つ一角獣《ユニコーン》のリゥイは、涼しげな空気を纏《まと》っているためにその背に乗っている俺とタクもその恩恵に与《あずか》り、少し暑さが和らぐのを感じている。

「そうだ。マミさん、さっきまでフラついてたけど大丈夫？　リゥイの能力でこっちの方が少し涼しいからタクと交代する？」

ふと、心配になってマミさんに話を振ると、まだほんのり赤い顔で首を左右に振ってくる。

「い、いえ！　お気遣いなく！　大丈夫です！」

「そう？　あっ、それならこいつを使うか？　クーラージェル！」

俺が取り出したのは、合成ＭＯＢクーラージェルの核石《かくいし》だ。

蘇生《そせい》薬の制限解除素材であるスノードロップを栽培する時、寒冷環境を整えるために作った風と水属性を組み合わせた合成ＭＯＢである。

「新しいスライムの子ですか？」

「ああ、低温環境で栽培する植物のために用意したんだけど、召喚してみる?」

早速マミさんに核石を渡してクーラージェルを召喚すれば、そのひんやり加減に目を細める。

とは言っても、キャラメル・キャメルに乗りながら普段連れているペットのウィンドジェルまで抱えることができないので、そっちの子は泣く泣く核石に戻す。

「この子、気持ちがいいです。見てください、この子、涼しいですよ!」

「そうだな、よかったな」

そしてマミさんは、俺から受け取った新しいジェルをケイに見せ、ケイも革製の手袋越しにクーラージェルに触れてその涼しさを享受している。

そんな微笑《ほほえ》ましいやり取りに俺も嬉《うれ》しくなる中、ミニッツが、グッジョブ! と言いたげに親指を立てている。

そして、寄り道もせずに20分ほど騎乗MOBに揺られて砂漠のオアシスを目指すのだが

―――


「飽きたー! 暇だぁー!」

「ガンツ、うるさいわよ」

「だってなぁ! こう景色に変化がないと飽きるだろ!」

キャラメル・キャメルの背の上で仰《の》け反るガンツが、後ろに続くミニッツにそう言い返す。

「まぁ、確かにそうだけど……」

砂漠エリアでの活動時間が残り1時間を切る中、少しずつオアシスに近づいているが、代わり映えのしない景色に飽き飽きしているようだ。

「なぁ、ユンちゃんもそう思わないか？」

「いや、俺は別に飽きてないけど……」

たとえVRだとしても砂漠を進むなど滅多にない経験のために、俺は飽きることなく楽しんでいた。

また、見える範囲での砂漠エリアのMOBたちの動きが細かく観察できて、動物園の生態展示でも見ているかのようで楽しい。

「くそぅ、同意を得られないか！　それなら、そろそろハプニングの一つでも起きればいいのに！」

「縁起でもないこと言うなよ。折角、順調に進んでいるのに」

「そうだぞ、ガンツ。余計なフラグを立てなくていいって。そんなこと言ってると、実際に起きるぞ」

超弩級《どきゅう》ＭＯＢのグランド・ロックを登頂する時にコカトリス・キングが襲ってきたり――

孤島エリアに向かう時に、ガレオン船をクラーケンが襲ってきたり――

実際に今まで起こったハプニングを挙げるタクに、苦笑を浮かべる。

そんなこともあったなぁ、などと思い出しながら後ろに乗るタクの方を振り返ると、俺たちの後方に見慣れない物があった。

「ん？　んんっ⁉」

「どうした、ユン？」

「いや、なんか変なニョロニョロが……」

細いニョロニョロとした物が砂の中から飛び出してきて、ズズズッと這《は》うように俺たちの後を付けているのだ。

【遮光ゴーグル】を着けているために、【空の目】や【看破】などの視覚に頼るセンスにマイナス補正が掛かっているらしく気付かなかったが、背後に何かいる。

「うん？　後ろ？」

タクたちもゆっくりと後ろを振り向くと、俺たちが気付いたことで細長いニョロニョロとした物が激しく動き、後方の砂漠が高く盛り上がっていく。

「ホ、ホントに何なんだよ！」

盛り上がり、流れ落ちてくる砂に巻き込まれないようにリゥイたちを走らせた俺たちが見た物は——巨大なナマズだった。

左右に離れた円《つぶ》らな瞳と分厚い唇をへの字にした大きな口、砂地を撫《な》でるように動く長い髭《ひげ》を持つ大型ＭＯＢ——サンド・キャットフィッシュの顔を正面から見る。

「うへぇ……口でかいなぁ。丸呑《まるの》みされそう」

そう思うほど大きな口を開いていく巨大ナマズの口の中は、真っ暗で何も見えない。

そして——

「——走れ！」

余りに唐突な出来事に呆《ほう》けていた俺に代わり、タクが声を張り上げると、リゥイたちが全力で走り出す。

「うぉぉぉぉっ！　流石《さすが》にあんなのが出るって聞いてないぞぉぉぉっ！」

「変なフラグを立てるから巨大ナマズが出たじゃない！　——《ソル・レイ》！」

多少のスリルは欲しいが、流石に巨大ナマズに追われて砂漠を疾走するとは予想できなかった。

余計なフラグを立てたガンツにミニッツが怒りながら、片手に持った杖《つえ》先から収束光線を巨大ナマズに放つ。

だが、分厚い脂肪の外皮に覆われた巨大ナマズは、収束光線をものともせずに迫ってくる。

「うぉぉぉっ！　全員、脇目も振らず走らせろ！」

途中、蛇行して少し外れた場所にいたノンアクティブなＭＯＢを丸呑みする巨大ナマズを見て、うわぁ……と声を上げる一方、内心で冷静な自分がいた。

「ユン、何時《いつ》になく落ち着いているけど、何か対策でもあるのか！」

「いや、前にマギさんやエミリさんたちと荒野エリアで似たようなことに遭ったなぁと思い出して」

あの時は、クエストアイテムを取ろうとしてサソリ型ＭＯＢのロック・スコルピオンに追われながら、今回みたいに逃げ出したんだよなぁなどと思い出す。

「とりあえず――【ボム】【エクスプロージョン】！」

脇に逸《そ》れてノンアクティブなＭＯＢを丸呑みしていた巨大ナマズが再び俺たちの後方から迫る中、リゥイの背から《技能付与》で攻撃魔法をエンチャントしたマジックジェムを落としていく。

そして、大きく口を開き、砂ごとマジックジェムを呑み込んだ巨大ナマズの口腔《こうこう》内で爆発が起こり、黄色い煙を吐き出しながら、動きが止まる。

「なるほどな。外からの攻撃には強いけど、内側からの攻撃には弱いのか。今のうちに逃げるぞ！」

巨大ナマズは、インパクトこそ凄《すご》いが砂漠横断を飽きさせないための追跡者として出現したようだ。

プレイヤーと巨大ナマズ、どちらかが倒れるまで戦うのではなく、適当にダメージを与えて動きが止まった間に一定距離を離せば、逃げ切ることができるようだ。

「ふぅ、なんとか撒《ま》けたみたいだな」

ロック・スコルピオンの時ほど執拗《しつよう》に追って来なかったことから、やはり景色が単調な砂漠エリアでのイベント要素が強いのだろう。

「今回は、逃げ切ることができたけど、次は倒してみたいな」

「タク、勘弁してくれ……」

極大サイズの宝石に【魔力付与】を行って作った魔宝石に込めた【エクスプロージョン】のマジックジェムを何個も呑み込ませて爆発させてもＨＰが殆《ほとん》ど減っていなかったのだ。

逃げ出すのは簡単かもしれないが、いざ倒すとなるとかなりの戦力が必要かもしれない。

また巨大ナマズのようなイベントが起こらないか警戒しながら進むが、その後は気疲れだけで順調に進む。

そして、一つの大きな砂丘を越えたところでようやく、道しるべとして見えていた逆さピラミッドの蜃気楼《しんきろう》の本体を見ることができた。

「あれが、ピラミッドか……」

「そうみたいだな。おっ、ここまで近づくと蜃気楼が消えるのか」

ふと全員の騎乗MOBが足を止めて、全員がその背から降りる。

「おー、ホントだ。この砂丘を境に蜃気楼が消えるのか」

なんか不思議だよなぁ、と俺が砂丘の境界線を行ったり来たりしながら、蜃気楼が消えたり現れたりする様子をスクリーンショットに収めていく。

「痛っ！　ちょ、リゥイ、突っつくなって、ごめんって！　すぐに行くから！」

いつまでもこんな暑い所に居座るな、と言いたげに鼻を鳴らしたリゥイが額の角で小突いてくる。

そんな俺の様子に、タクたちがクスクスと楽しげに笑うのを恨めしげに睨《にら》みながらも、俺たちは再びリゥイたちの背に乗ってピラミッドに近づく。

「おー、結構高いなぁ。なぁ、ピラミッドに――　『立ち寄らない。町のポータル登録が先だ』――はい」

今すぐにでも新たなダンジョンであるピラミッドに挑みたそうにするガンツにケイがバッサリと言って、ガンツがまた意気消沈する。

そして、ピラミッドを迂回《うかい》するように進んでいくと、周辺の変化を感じる。

「なんだか、ちょっと涼しくなってきましたね」

「それじゃあ、オアシスが近いのかもな」

マミさんとケイが真っ先に変化を感じ取り、続いて俺も乾いた砂漠エリアに湿気を含んだ風を感じる。

「おっ、みんな見てみろよ！　砂漠のカウントダウンが消えてるぞ！」

メニューの中に表示されていた砂漠での活動限界時間を示すカウントダウンが消失しており、もうＭＯＢの出現しないセーフティーエリアに入ったようだ。

そして、迂回するピラミッドの向こう側にようやくオアシスを見つけた。

「ここが、オアシスか。結構活気がある感じだな」

「むぅ、タク、ちょっと苦しい……」

後ろに乗るタクが俺の頭越しにオアシスを眺めようと前のめりになるので、見やすいように頭を少し傾けて俺もオアシスを眺める。

ピラミッドの一角から排出される大量の水がオアシスに蓄えられ、その周囲に防砂林の木々がオアシスを囲むように並んでいる。

そして、そのオアシスから水を引き込んでいるのか、石造りの四角い町も傍《そば》にある。

オアシスの周囲の地面は、砂漠に似つかわしくないほど鮮やかな濃い緑の下草が生えている。

砂漠エリアの横断には、強い敵ＭＯＢとの戦闘は殆どなかったが、砂漠エリアの環境と時間制限のギミックが大変だった。

それでも俺たちは、砂漠を横断してオアシスに辿《たど》り着くことができた。

三章　オアシス都市とサンフラワー

ガンツたちを乗せていたキャラメル・キャメルは、オアシスの畔《ほとり》に辿り着き、水を飲み、その周囲に生える下草を食《は》んでいる。

そんなキャラメル・キャメルたちから降りたガンツたちが労《ねぎら》うように首筋を撫でて声を掛けると、嬉《うれ》しそうに鳴き声を上げている。

下草の生えるオアシスの周りを見回した俺は、オアシスの畔に座り込み、溜息《ためいき》を吐き出す。

「サンフラワーは……ないか。当てが外れたかなぁ」

元々、砂漠エリアを目指したのは、蘇生《そせい》薬の制限解除素材である【サンフラワーの種《たね》油《あぶら》】を探すためにやってきたのだ。

見た感じ、花らしき物は見当たらず、軽く落胆する。

「悪いな。希望を持たせるようなこと言って誘ったのになくて」

砂漠エリアに誘ったタクがそう声を掛けてくるが、俺は首を横に振る。

「いや、見つからなかったのは残念だけど、オアシスにないことが分かっただけで収穫だ！　今度は別の場所を探せばいいからな！」

軽く反動を付けて立ち上がった俺は、タクに笑みを見せる。

「それに、まだオアシスの町中を調べてないからな。そっちまで調べないとな」

オアシスから水を引き込むオアシス都市と流れ出る水が形作る河川が砂漠エリアの南側に延びているらしい。

サンフラワーを探すついでに、そこまで足を運ぶつもりだ。

「そうだな。けど、今は休憩しようぜ。流石に砂漠エリアの横断には疲れた～」

タクは、その場に仰向けで倒れ込み、その様子に俺は苦笑いを浮かべる。

ガンツたちも砂漠の暑さから解放されるためにブーツを脱ぎ捨てて、オアシスに飛び込んだり、ミニッツとマミさんも水に足を浸《つ》けて涼み、ケイも頭から水を被《かぶ》っている。

そして、オアシスの水を飲み下草を食べたキャラメル・キャメルたちが俺に甘えてくるように近づいてくる。

「キャラメル・キャメル。ここまで連れてきてくれて、ありがとう」

『ヴォォォォォォォッ――』

俺たちを砂漠のオアシスまで連れてきてくれたキャラメル・キャメルたちにお礼を言い

ながら山岳リンゴを渡すと、嬉しそうに食べ、ついでに甘えるように俺の長い髪を甘噛《あまが》みしてくる。

　そして――

『ヴォォォォォォッ――』

　いつかのヴェローラプトルたちを手懐《てなず》けた時のように、口元をモゴモゴと動かして何かを吐き出す。

「わっ!?　これは、やっぱり笛か。それも二つもくれるのか」

砂漠駱駝《らくだ》の土焼《つちや》き笛【道具】
キャラメル・キャメルの群れを呼ぶことができ、【砂漠エリア】限定で協力させることができる。
ただし協力には、食料と水アイテムが必要であり、乳を搾ることもできる。

　鳩笛《はとぶえ》のような土焼きの笛ではあるが、その造形がラクダの形になっており、試しに吹いてみると『ヴォォォォォォッ――』という低い鳴き声に似た音が鳴る。

　なんとなく予想していたが、以前に見つけたヴェローラプトルたちを呼び出す喉笛と同系統のアイテムらしい。

「なんだ？　ユン、また面白いことになってるな」

「面白いって言うか、嬉しいかな。あっ、俺は笛は一つしか要らないから、もう一つは、タクに渡すな」

ラクダの笛は、複数は要らないので一つをタクに手渡す。

本当は、砂漠横断にはリゥイがいれば十分なのだが、ヴェローラプトルを呼び出す喉笛にはなかった気になる文言がラクダの笛にはあった。

「お前たち、ミルクを出せるのか？　ちょっと貰《もら》えるか？」

『ヴォォォォォォォッ――』

了承するように三体の内の一体が俺の前に歩み寄り、体を横に向けてくる。

そんなキャラメル・キャメルの前でしゃがみ込んだ俺は、乳房を見つけた。

【生命の水】などの液体採取用の容器を用意して乳房を優しく絞れば、【砂漠駱駝のキャメルミルク】が容器に溜《た》まっていく。

「ユン、なんか手慣れてるなぁ……」

「そうか？　実は、知り合いの【調教】プレイヤーのアイアン・カウの乳搾りをさせてもらったことがあるんだよ」

【調教】センスで仲間にできる使役ＭＯＢの一部には、食べ物などを与えることで副産物のアイテムを産み出すＭＯＢたちがいる。

レティーアのウィル・オ・ウィスプなら薬草を取り込んで【燐魂結晶《りんこん》】、ラナー・バグなら金属鉱石やインゴットを食べて金属糸《し》、妖精ＭＯＢたちなら【妖精の鱗粉《りんぷん》】を振りまくなど——

そんな副産物を出す使役ＭＯＢの一体であるアイアン・カウの乳搾りをやらせてもらったことがあるのだ。

そのことを俺が生き生きと話すと、タクは楽しげに聞いてくれる。

「うん？　タク、どうした？　そんな生暖かい目をして」

「俺の知らないところで、ユンも色々とやってるんだなぁ、と思ってな」

そう言われると少し恥ずかしくなった俺は、黙ってキャラメル・キャメルの乳を搾る。

その後、保存用の容器二つ分と飲料用に小分けした瓶10本分の【砂漠駱駝のキャメルミルク】を手に入れた。

「ラクダのミルクと普通の牛乳ってどう違うんだ？」

キャメルミルクは、若干青みがかったような白で、匂いも牛乳と大差ない気がする。

リアルなら煮沸《しゃふつ》消毒とかが必要だろうが、ＶＲなので手に付いたキャメルミルクをその

る？」

「うーん。牛乳より、ちょっと濃いかな？　生クリームっぽい。それに少し塩気があ
寝転がっていたタクが上体を起こして、キャメルミルクを味見する俺に尋ねてくる。

「ラクダの乳って初めて聞いたけど、どんな味なんだ？　ユン？」

まま舐《な》めて味見する。


そのまま飲むと言うよりも何かに混ぜたりした方が美味《おい》しい感じである。

「お菓子に使う牛乳の代用品かなぁ。このミルクの塩気がお菓子の甘さを引き立ててくれるかも。あとは、濃いからカフェオレなんかも良さそう」

そうして思いついた俺は、その場に野外調理用のテーブルなどをインベントリから取り出して広げる。

「ユンさん、何をしているんですか？」

「ちょっとした【料理】かな」

【料理】センスを装備して、簡単なコンロとヤカン、それにコーヒーの粉を取り出す。

「リゥイ、ヤカンに水を入れてくれ」

空のヤカンにリゥイが水球を落とし、それを火に掛ける。

そして、沸騰したお湯で濃い目のコーヒーを淹《い》れて、そこに砂糖を加えていく。

「ユン、なんで野外でコーヒーなんて淹れられるんだ？　って言うかなんでそもそもコーヒーの粉なんて持ってるんだ？」

普通ならアイテムとしてのコーヒーをインベントリに入れておかないか？　と胡乱《うろん》げな目で見てくるタクに俺が説明する。

「コーヒーの淹れ方が、乾燥させた薬草からポーションを作るペーパードリップと同じだからそれを流用しているだけだよ。コーヒーの粉はクロードからの貰い物」

クロードのお店の【コムネスティー喫茶洋服店】でコスプレ装備を着て手伝いをさせられた時、お茶やコーヒーなどを貰うのだ。

これで上手《うま》くキャメルミルクを使うことができれば、今度クロードの所に差し入れと情報を持っていこうかなどと思いながら、濃い目に落とした甘いコーヒーを完成させる。

「うへぇ……暑い砂漠で熱々のコーヒーねぇ」

「まぁ、そこはもう一手間かな」

見ているだけで汗が出そうな熱々のコーヒーを前に辟易《へきえき》とした声を漏らすミニッツに苦笑いを浮かべながら、キャメルミルクを注ぎ、コーヒー牛乳にしていく。

熱々のコーヒーと常温のキャメルミルクを混ぜてもまだ砂漠で飲むには温《ぬる》いだろう。

そんなコーヒー牛乳を飲料用の瓶に注いで蓋をする。

濃い目のコーヒーで割ってあるために、少ないキャメルミルクからでも10本程のコーヒー牛乳が完成する。

更にそこから――

「リゥイ、またこの鍋に水を張ってくれるか？　このくらいまで」

こくりと頷《うなず》いたリゥイは、飲料用の瓶の三分の二が浸かるくらいまで鍋に水を注ぎ、俺はその中にまだ温いコービー牛乳を浸けて、ある物を鍋の水に流し込む。

流し込まれた液体が鍋の水と混ざり合い、徐々に鍋の水が凍り付いていく。

「ユンちゃん、それって【氷結液】？」

「そうなんだ。ミュウが、こうやって食べ物を冷やす屋台があるって教えてくれたんだ」

ミニッツからの言葉に相槌《あいづち》を打つ俺は、魔法薬である【氷結液】で鍋の水を凍らせた。

スノードロップの室内栽培を模索する中で、ミュウに教えてもらった物の冷やし方だ。

【アトリエール】で料理するなら、冷蔵用のアイテムボックスなどがあるので不要だが、こうした出先での即席料理をする時には何かと便利だと気付かされる。

「おー、氷だ、氷。砂漠の中でも凍るってすげー！　冷てぇー！」

「ガンツ、せめて装備を整えてから戻ってこい」

上半身裸のままオアシスで泳いでいたガンツが戻ってきて、凍った冷たい鍋の側面に手を押しつけて楽しそうに騒ぐ。

そんなガンッをケイが注意するが、冷たい鍋から離れようとしない。

普通の氷なら砂漠エリアの暑さですぐに溶けてしまうが、【氷結液】の氷は周囲の状況に左右されずに10分間は残り続けるので、十分に中の物を冷やしてくれる。

そして、10分が経過して、十分にコーヒー牛乳が冷えたところで完成する。

キャメルミルクのコーヒー牛乳【食べ物】
満腹度＋20％　追加効果【炎熱耐性（小）】／60分

どうやらキャメルミルクを料理に使うと、効果量は低めであるが長時間の【炎熱耐性】を付与することができるようだ。

クールドリンクよりも【炎熱耐性】の継続時間が長く、また装備やセンスなどの耐性とも重ね掛けできる。

クールドリンクのミントのようなスッとした味が苦手な人も代わりに飲める物が現れたなら、自分の好みの味を選べるようになるかもしれない。

そうして、完成したコーヒー牛乳を全員に配っていく。

「みんな、好きに取っていいぞー！」

「おっしゃー、いただきー！」

早速、ガンツが冷えたコーヒー牛乳の蓋を開けて、一気に飲んでいく。

先ほどまでオアシスを半裸で泳いでいたために、風呂《ふろ》上がりのようにも見える。

「おっ、甘くて美味しい……」

「それに冷たいから元気になります」

ミニッツとマミさんは、冷たいコーヒー牛乳の瓶を両手で包んで涼みながら、大事そうにコーヒー牛乳を少しずつ味わってくれている。

一方、同じくコーヒー牛乳を飲んだタクとケイは――

「結構、美味《うま》いな。ラクダのミルクって聞かなきゃ分からないぞ」

「……すまない。お替わりをもう一本貰えないか？」

タクは、目の前でキャラメル・キャメルの乳搾りの様子を見ていたので、少し抵抗感があったらしいが、いざ飲んでみると美味しかったようだ。

ケイの方も静かに黙々と飲むが、砂漠が暑かったのですぐに飲み干してしまい、申し訳なさそうにもう一本お替わりを求めてくる。

よほど口に合ったのか、そんな様子に苦笑しつつお替わりでもう一本渡して、俺自身もコーヒー牛乳を口にする。

「あー、冷たい……それに美味しい」

夏場のアイスカフェオレみたいに軽く飲めてしまう。

まだまだキャメルミルクは沢山残っているので、バニラアイスを作ったり、砂糖を加えて鍋で煮詰めてキャラメルにするなど、使い道を想像して夢が広がる。

『『ヴォォォォォォォッ――』』

「おっ、お前たちももう行くのか。またミルクが欲しくなったら呼ぶからその時は頼むな」

「ここまで運んでくれて、ありがとうございました」

俺とマミさんが一体ずつキャラメル・キャメルを労《いたわ》った後、勢いよく砂漠へ駆けていくのを見送る。

「リゥイもお疲れ様。――《送還》」

そして、リゥイにも労《ねぎら》いの言葉を掛けると、甘えるように首筋を擦《こす》り付けた後、召喚石に戻る。

「それじゃあ、オアシス都市に行くとするか」

「ああ！」

そして、オアシスの畔《ほとり》で十分休んだ俺たちが、オアシスから水を引き込む水路を目印に町中に入れば、砂漠のど真ん中とは思えないほどにNPC《ノン・プレイヤー・キャラクター》たちの活気で溢《あふ》れている。

●

「砂漠の町とは思えないなぁ」

町中にオアシスの水を引き込んだ水路が走り、砂漠と同じ黄色掛かった建物には、色鮮やかに染料で模様や縁取りがされ、軒先には日除《ひよ》けの布が掛けられている。

砂漠の町のNPCたちも日除けのターバンやヴェールなどをしており、そこがまた砂漠の異国感を出している。

「おー、凄《すご》いなぁ」

オアシスから引いた水路の行き先を見れば、町中で水耕栽培がされており、青々としたキュウリやスイカ、メロンなどの作物が並んでいる。

「そうだな。それに砂漠の町って聞いて寂れていると思ったけど、結構賑《にぎ》やかだな」

俺の隣に並ぶタクもオアシス都市の活気に驚きながらも、大通りを進む。

ガンツたちもオアシス都市の雰囲気に感嘆の声を上げて、オアシス都市への到達を記録するためのポータルを探して歩く。

賑やかなNPCたちの様子に目を奪われながらも、大通りを進んでいくと、オアシスから引いた水を利用した巨大な噴水と宮殿の前にポータルがあった。

「おー、すげぇ……あの宮殿の中、見てみたいなぁ」

見上げる宮殿の大きさに圧倒される俺たちだが、宮殿は高い壁に囲まれ、門は固く閉ざされている。

「楽しそうだけど、真っ正面からはムリそうだな」

「そうみたいだな……」

宮殿の手前では、兵士NPCたちが入り口を見張っていることから、簡単には中には入れないようだ。

「この都市のクエストを受ければ入れるようになるかもしれないけど、最悪忍び込むか？」

「いや、俺はゆっくり中を見たいだけだから……」

ただの観光をしたいだけなので、兵士に追われる状況になりたくない、と俺が答える。

「まぁ、宮殿関係も追々調べるとして、まずはポータルに登録しておこうぜ」

「了解」

俺たちは、次々とポータルに触れて登録し、これでいつでもオアシス都市に移動できるようになった。

そして改めて、タクが振り返る。

「この後は、オアシス都市で情報収集するか？　ユンは、サンフラワーについて探すよな」

「俺はそのつもりだけど、みんなはどうする？」

俺とタクの言葉に互いに目を合わせるガンツたちが順番にやりたいことを口にする。

「俺もこの町を少し見て回りたいかなぁ」

「私も露天とかのＮＰＣのお店を見て回りたいわね」

ガンツとミニッツは、町の散策の方に興味が向いているようだ。

「私は、その、少し疲れましたから今日はもうログアウトしようと思います」

一方、オアシスで休憩したと言っても、疲れた様子のマミさんはもう休むようだ。

「マミ、大丈夫か？　無理はしない方がいい。俺は、砂漠横断で今の装備に少し不安があるから、第一の町に戻って調整してもらおうかと思っている」

とケイが言い、そうなると、オアシス都市に残って引き続き散策するのは、俺とタク、ガンツ、ミニッツの四人だけのようだ。

「それじゃあ、お疲れ様です」

「先に戻らせてもらう」

「マミさんとケイは、お疲れ様」

俺たちは二人がいなくなるのを見送り、改めてどうするか顔を見合わせる。

「じゃあ、残った四人でオアシス都市の周辺を調べるってことだけど、四人で纏《まと》まって歩くのも効率悪いし二手に分かれるか？」

「賛成ー！　それじゃあ、ユンちゃん！　俺と組もうぜ！」

「こういう時は、女の子同士が鉄板でしょ？　ほらユンちゃん、私と組みましょう！」

タクの提案にガンツが勢いよく賛成の声を上げ、ミニッツもそれに便乗する。

「えっと……」

何故《なぜ》か俺の取り合いで睨《にら》み合うガンツとミニッツに困惑する俺は、二人から期待の籠った視線を受ける。

どちらかを選んで欲しい、という気持ちを向けられる中、タクは不思議そうにこちらを見ているので——

「……慣れた組み合わせってことで、俺はタクと一緒に回るわ」

「なぁぁぁっ！　タクに負けたぁぁぁっ！」

「なんと言うか、当然の結果かぁ……」

ガンツが頭を抱えて吠《ほ》え、ミニッツが納得という表情を浮かべている。

「分け方決まったみたいだし、何かあったら連絡くれよ！」

二手に分かれる組み合わせが決まったところで、俺とタクは、ガンツとミニッツと別れてそのままオアシス都市の散策を始める。

「ユン、サンフラワーのありそうな場所の目星って何かあるか？」

ガンツたちと別れて早速聞かれた俺は、うーんと顎に手を当てながらオアシス都市を見回す。

そしてNPCの店に並べられている野菜などを見て、思い付く場所を口にする。

「やっぱり、サンフラワーって植物だと思うから、あるとしたら畑とか水辺の近くかな」

「了解。それなら町の水路を辿《たど》ることにするか」

そうして俺たちは、オアシス都市に張り巡らされた水路を辿るように歩く。

水路に沿って歩き、NPCたちが育てる野菜畑を眺めながら、時折NPCにサンフラワーについて尋ねる。

『サンフラワー？　この辺は、気候が厳しくて農地も少ないから食べられない花を育てる余裕はないよ』

『油を絞るための種？　うちらは、夜は西の黒い泉から燃える水を汲《く》んで使っているから作る必要がないぞ』

「そ、そうですか……」

そして、幾人かのＮＰＣから話を聞いていくと、どうやら砂漠エリアにはサンフラワーらしき物はないようだ。

ただ、その代わりに貴重な情報を得ることができた。

「なぁ、ユン。さっきの黒い泉の燃える水って、石油的なやつだよなぁ」

「多分、そうだと思う。新しい生産素材なら、今度採取しに行かなきゃな」

そうして俺とタクが、水路に沿ってオアシス都市を散策していると、気付けば町の南側に出ていた。

オアシスや町の水路から流れた水が南の河川を流れて、海に辿り着くらしい。

この河川では、ＮＰＣの船乗りたちが船の上から釣りをしている一方、河川の傍《そば》で蹲《うずくま》る二人組のプレイヤーを見つけた。

「おっ？　オトナシ？　……それにラングレイ？」

俺が声を掛けると名前を呼ばれた二人は、顔を上げて俺たちに手を上げてくる。

二人は、セイ姉ぇがサブマスを務めるギルド【ヤオヨロズ】の生産職だ。

「二人ともどうしてここに？」

「そんなの、ミカヅチさんたちに連れてきてもらったに決まってるだろ！　流石《さすが》に砂漠の横断はキツかったけどな。ユンもここで鉱石集めをしにきたのか？」

炎熱対策用の日除けの帽子を被《かぶ》ったラングレイがそう尋ねてくるが、俺は首を横に振る。

「いや、さっきオアシス都市に辿り着いたばかりでサンフラワーってアイテムを探してたんだけど、鉱石集めって？」

俺が聞き返すと、オトナシが持っていた底が広く浅い木製のお皿の中に川辺の砂を入れて、見せてくれる。

「川の砂から金属の礫《つぶて》を探してたんだ。狙いは、プラチナだよ」

皿で掬《すく》い上げた砂をかき分けると、小さな金色の礫——金の礫が手に入る。

聞くところによると、このオアシス都市の川辺では、貴金属系アイテムの礫が手に入るらしい。

ほとんどが銀か金、ごく稀《まれ》にレア金属素材のプラチナが手に入るそうだ。

同種の金属の礫を10個集めて炉で溶かせば、インゴットにすることができる。

「それにしても砂金採りみたいだな」

「まぁ、違いねぇ」

二人の様子にタクが呟《つぶや》くと、二人ともその通りだとククククッと楽しげに笑っている。

だが、実際に砂漠の細かな砂の中にピンポン球くらいの金属の礫が混じっているので、リアルほどに細かく探す必要はない。

その辺りは、ゲームらしいと言えばゲームらしい。

「俺は彫金師だからな。プラチナのアクセサリーを作るために、プラチナインゴットが欲しいんだよ」

「へぇ、プラチナってどんな効果があるんだ？」

「プラチナは、専ら身体系の状態異常《バッドステータス》耐性を強化する性質があるな」

例えば、通常のアクセサリーに【毒耐性（中）】の追加効果を付与できたとする。

プラチナ製のアクセサリーに同じ追加効果を付与した場合、一段階強化されて【毒耐性（大）】に変わるそうだ。

リアルでもプラチナは、車の排気ガスとかの浄化の触媒に使われるそうで、そうした部分がモチーフなのかもしれない。

「へぇ、そうなんだ。オトナシもプラチナで刀を作るのか？」

「ううん。プラチナは柔らかいから、武器にするにしても魔法使いの杖《つえ》の装飾に使うくらいで僕は使わないよ。ただ、後でラングレイに砥石《といし》探しを手伝ってもらうから僕も手伝ってる」

そう言って、再び川辺の砂を掬うオトナシは、中から見つけた銀色の礫をラングレイに投げて渡している。

「おっ、これでプラチナの礫が28個目！　運が良い！　オトナシの砥石探しは、俺のダイヤモンド探しも兼ねてるからな。今から楽しみなんだ」

「……プラチナに砥石、ダイヤモンドかぁ」

先に町中で聞いた燃える水も合わせると、中々に面白そうな素材があり、ワクワクさせられる。

「素材の採取、一緒に行くか？　人手が多い方が多く採れるだろ」

「うーん。誘ってくれて嬉《うれ》しいけど、もう少しこの辺りを見て探しているアイテムがないか調べてくる」

ラングレイからの申し出は有《あ》り難《がた》いけど、まだサンフラワーがあるかないか分からない。

それを調べてからでも遅くはないと思う。

「そっか……僕たちは、しばらくこの砂漠エリアで素材集めしているから、連絡くれれば、素材が採れる場所に案内するね」

「ありがとう。それじゃあな」

そして、プラチナ探しをしていたオトナシとラングレイと別れた俺とタクは、そのままオアシスの川沿いを歩いて行く。

「ユン、素材採取を断って良かったのか？　俺一人でもサンフラワーのあるなしくらいは探せるぞ」

「うーん。確かに新しい素材には惹《ひ》かれるけど、やっぱりタクに全部任せるのは違うと思うからな」

だから、当初の目的通りにサンフラワーを探しながら、町の周囲を見て回ろうと思っているのだ。

そして、川に沿って進んで離れていく俺たちに何かを思い出したのか、慌てて立ち上がったラングレイたちが声を張り上げて伝えてくれる。

「この川の先は、海に繋《つな》がってるんだ！　うちのギルメンが【OSO漁業組合】のガレオン船を見たって言ってた！　もしかしたら、いるかもしれん！」

「教えてくれて、ありがとう！」

俺はラングレイの言葉に、手を上げて答える。

「【OSO漁業組合】かぁ……シチフクたちも結構色々見てるからな。何かサンフラワーの情報とか持ってるかもしれないし、会いに行ってみるか」

「そうだな。川沿いに進めば、海に辿り着くかな？」

とは言え、オアシスが作り出した河川の傍を進みオアシス都市から離れたことで、活動時間のカウントダウンが始まった。

途中、ＮＰＣの舟乗りが操る川舟が川を下るのを見て、それに乗せてもらい、砂漠エリア南方の海岸に向かった。

「それにしても本当に砂漠は、緑の気配がないなぁ……おっ、本当に海だ」

川舟に揺られて、ぼんやりと船から見える景色を眺めるが、サンフラワーらしき植物は見当たらなかった。

そうこうしていると海辺に近づき、海からの潮風で舞い上げられた砂が積み上がってできた小高い砂山が海岸に面して延びているのが見えた。

それを越えた先にある海と砂漠が出会う光景は、また面白いものであった。

「シチフクたちは……この辺りにはいないみたいだなぁ」

ＮＰＣの操る川舟から降りた俺は、ゴーグルを着けた【空の目】で辺りを見回すが、ガレオン船らしき影は見えない。

「先にポータルを登録してからゆっくり砂浜を探すとしようぜ」

タクが指差した先には、砂漠エリア北部にあった先端が尖《とが》った四角い石柱のオブジェクトであるオベリスクと同じ物があった。

あれが、目印の少ない砂漠エリアでの共通のシンボルであり、あの真下付近にも転移用のポータルがあるのだろう。

タクと共に砂漠エリアの砂浜を歩けば、海岸エリアや孤島エリアに比べたら生物の気配はしないが、足下の砂地を見れば所々に【採掘】ポイントが反応する。

「ちょっと、砂地を掘り返してみるかな」

砂漠横断の際には、時間制限により悠長に【採掘】ポイントを掘り返すことができなかったが、オアシスに到着し、海岸側のポータルも間近であるために、スコップで砂を掘り返す。

「ユン、何か手伝うか？」

「いや、大丈夫だ。すぐに終わるから」

ザック、ザックと砂を掘り返すと、砂の奥から小さな塊が幾つか現れる。

「おっ、いい物発見――タク、ほい」

「おっ、なんだ？　これ――ガラスか？」

「デザートグラスの塊だってさ――」

ゴーグルに使われている【妖精硝子《ガラス》】とは異なるタイプのガラス系アイテムだ。

黄緑色の歪《いびつ》な色ガラスの塊は、どちらかと言えば、アクセサリーを彩《いろど》る宝石系アイテムに近く、研磨すればさぞ美しくなるだろう。

それにフレーバーテキストには――『隕石《いんせき》落下の衝撃で融解した砂漠の砂が冷えて固まった天然ガラス。宇宙的神秘をその石には宿している』と書かれている。

「隕石の衝突で出来たガラスかぁ……ロマンだよなぁ……」

砂漠の砂とぶつかり削れたのか、丸みを帯びたデザートグラスの塊を眺めるが、遮光ゴーグルの色が邪魔で堪能《たんのう》できない。

そのために、【空の目】のセンスとゴーグルを外して、改めて太陽に掲げて柔らかな黄緑色のガラスを眺める。

「ほら、ユン。行くぞ」

「ああ、わかった！」

タクに呼ばれて、慌てて追い掛けるが、いい素材を見つけることができた。

オトナシとラングレイにも色々な素材を教えてもらったが、こちらもデザートグラスという素材を見つけたので、後で教えようと思う。

そうして、オベリスクの傍にあるポータルを登録した後、タクとガラス拾いをしながら海岸沿いを歩き続け、遂《つい》にシチフクたちのガレオン船を見つけたのだった。

●

【OSO漁業組合】のガレオン船に向かってタクが声を掛けると、しばらくして船の甲板からシチフクが飛び降りてくる。

「おーい、シチフクはいるか～？」

「おー、タクにユンちゃんじゃないか！　どうしてこんなところに⁉」

砂浜に降り立ったシチフクは、驚きながらも嬉しそうに俺たちを出迎えてくれた。

「【ヤオヨロズ】のギルメンが、シチフクたちのガレオン船を見たって教えてくれたからな。探し物ついでに会いに来たんだ」

そうかそうかと、白い歯を見せながら笑うシチフクに招かれて、ガレオン船の甲板に登る。

砂浜までは砂漠での活動時間のタイムリミットが続いていたが、甲板――と言うか海の上では砂漠の範囲外なのかカウントダウンが消える。

「とりあえず、客人を持て成すためのお茶とお菓子や。うちの料理人たちが作ってくれた奴《やつ》やで」

「あっ、ありがとう……」

シチフクが出してくれたのは、甘いアイスティーとチョコレートコーティングされたナッツ菓子だ。

意外と美味《おい》しくてポリポリと食べてしまう俺を尻目に、タクがシチフクと世間話を始める。

「そういえば、シチフクたちは、海側から砂漠エリアに来られたのか？」

タクの素朴な疑問に、海から海岸に辿《たど》り着ければ、あんな砂漠横断の苦行をしなくても済むよな、と俺も聞きながら思うが、シチフクは苦笑を浮かべながら否定する。

「そんな簡単なもんやない。一応、砂漠エリアに入るためのボスを倒してからじゃないと、潮の流れに押し返されちまうんや」

どうやら、砂漠エリアへの侵入条件であるエリアボスのアンフィスヴァエナを倒してからでないと、海側から来られないらしい。

「それに結局は、砂漠エリアを探索するために、一度は砂漠を横断しなきゃならんからなあ……今から憂鬱や」

アンフィスヴァエナを倒した近くにある北側と砂浜に面している南側、オアシスからの河川を遡上《そじょう》して辿り着くオアシス都市の三カ所のポータルは容易に登録できたが、結局、東西のポータルを登録するために砂漠横断しなくてはならないようだ。

「まぁ、そんな訳で砂漠エリアの近海で釣りと素潜りしとるんや。孤島エリアとはまた違った敵やアイテムが釣れて面白いんや！」

そう言っている傍《そば》から【ＯＳＯ漁業組合】のメンバーが顎がしゃくれたように尖った魚を釣り上げたり、複数人でワニ型ＭＯＢを甲板に引きずり上げて戦っているのが見えた。

「それで、タクとユンちゃんが探し物って、何を探してたん？　この砂浜付近なら大方調べているから、教えられるで！」

「ありがとう。実は、【蘇生《そせい》薬】の制限解除素材の【サンフラワーの種油】ってアイテムを探してるんだ」

「一応、一周年のアップデートで追加されたアイテムらしくてな。殆《ほとん》ど探索されてない砂漠エリアに、とりあえずの当たりを付けて探しに来たんだよ」

俺とタクが順番に説明しながら、それでも見つからなかったことを伝えつつ、結構やみつきになるチョコ菓子を食べる。

中のナッツの食感が癖になるのだ。

そして、そんな俺たちを見てシチフクは、困ったように視線を彷徨《さまよ》わせる。

「あー、残念やけど、砂漠エリアにはサンフラワーはないで」

「やっぱりかぁ……」

俺は、甲板の上から空を仰ぎながら呟《つぶや》く。

不毛な砂漠エリアには植物系素材が少なく、逆に鉱石系素材が多く見つかるので、薄々はそんな気がしていた。

だが、タクはシチフクの言葉に何かを感じ取ったのか、更に問い掛ける。

「なぁシチフク……『砂漠エリアには』ってことは、もしかしてある場所を知っているのか？」

「っ⁉　本当なのか⁉　どこにあるか知ってるなら教えてくれ！」

俺が勢いよく詰め寄ると、シチフクは苦笑いを浮かべながら教えてくれる。

「タクとユンちゃんがさっきから食べてるソレが、サンフラワーの種やで」

「へっ？」

俺が気の抜けた声を漏らす中、シチフクが詳しく教えてくれる。

「そのチョコ菓子の中のナッツがサンフラワーの種で、一度焙煎《ばいせん》した種を孤島エリアのカカオから作ったチョコでコーティングしたんや」

シチフクから詳しく話を聞くと一周年のアップデート後に、孤島エリア南側の崖上の台地にサンフラワーの花が咲き、種を採取できるようになっていたらしい。

「マジかぁ……そんなところに……」

知り合いのプレイヤーたちに知らないか尋ねて回ったが、まさかそんな場所に新規アイテムが追加されているとは思わなかった。

「アップデート直前まで挑んでた最前線エリアに追加されてたとは俺も思わなかった。これは盲点だったなぁ」

「まぁ、孤島エリアは、運搬船のお陰で前より行きやすいって言っても到達しているプレイヤーはそんなに多くないし、行く人は大抵、海賊王の秘宝探しがメインやからなぁ」

タクの予想で候補先には入っていたが、本命の砂漠エリアを外してぼやくタクと、慰めてくれるシチフクに、俺は曖昧な笑みを返す。

確かに一周年のアップデートで【銃】センスの追加と共に、既存エリアの採掘ポイントから銃弾合成に必要な【雷石《かみなりいし》の欠片《かけら》】を手に入れることができたのだ。

他の蘇生薬の制限解除素材が、今まで訪れたエリアに、ひっそりと追加されていてもおかしくはない。

「俺の手元にも採取したばかりの未加工のサンフラワーの種があるから、それをやるわ」

「ありがとう、シチフク」

シチフクから渡された小さな革袋には、ヒマワリの種らしき物が10粒ほど入っていた。

結局は、砂漠エリアとサンフラワーには全く関係がなかったが、新しく探索できる範囲が広がったことは、無駄骨ではなかったと思う。

「とりあえず、ガンツとミニッツと合流するためにオアシスに戻るか」

「わかった。シチフク、ごちそうさま。あっ、そうだ。このサンフラワーの種入りチョコ貰《もら》ってもいいかな？　ガンツたちにも分けたいんだ」

「それなら、残りも全部渡しておくわ。お疲れさん。また店行くで！」

俺は、シチフクからお土産のチョコを貰ってガレオン船から降り、再び砂浜を歩いて行く。

そこで、ふとあることをタクに尋ねる。

「そう言えば、タクたちは砂漠エリアの何を目的にしてたんだ？」

聞きそびれていたが、タクたちは何故《なぜ》この砂漠エリアに来たのか、聞いてなかった。

「うん？　とりあえず、行ける範囲を増やそうってことでポータル登録しに来ただけだな。まぁ、オアシスの目の前にピラミッドダンジョンがあるし、挑んでみるのも良いかもしれないな」

ガンツなんかは、今すぐにでも挑みたい様子だったのを思い出して、苦笑いを浮かべる。

「他にもまだまだ探索が進んでいない砂漠エリアを調べるのも楽しそうだけどな」

まぁ、絶対に砂漠エリアの優先度が高いわけじゃないけどな、とも言ってタクは笑う。

「その時は、俺もできる限り手伝うよ。まぁ、あんまり頼りにならないかもしれないけどな」

「ああ、頼りにさせてもらうな」

そんな他愛のない話をしながら、砂浜にある砂漠エリア南のポータルに辿り着く。

ここに来る時は、舟乗りNPCの川舟に乗せてもらったが、帰りはポータルで一瞬である。

「タク、ユンちゃん、お帰り。何か収穫あったか？」

「ユンちゃんの探していたサンフラワーは見つかったのかしら」

オアシス都市の噴水前で待っていたガンツとミニッツは、オアシス都市の散策を楽しんでいたようだ。

ガンツは、NPCの屋台で買ったケバブを頬張《ほおば》り、もう片方の手にはオアシス都市で栽培されている果物を搾ったジュースを持っていた。

ミニッツの方は、シースルーな薄緑色の布地が使われた踊り子衣装を身に纏《まと》っている。

お腹《なか》や肩周りを出しているが、衣装自体の露出はそれほど高くはない。

ただゆったりとした下履きのアラジンパンツには、左右の太ももにスリットが入っており、チラリと見えた時の太ももにドキリとさせられる。

きっとNPCの露天で見つけたデザイン重視の統一装備なんだろう。

ところどころに金の装飾が施され、暑そうな様子がないミニッツを見るに、【炎熱耐性】が高い装備なのかもしれない。

「へ、へぇ、そんな物まで売ってたのかぁ」

「ええ、他にもキャラメル・キャメルの毛で作った絨毯《じゅうたん》とかのオブジェクトアイテムもあって面白かったわよ」

「そうなんだ。こっちも色々と話したいことがあるんだ。【アトリエール】でゆっくりと話でもしようか」

「賛成ー！　早速、行こうぜ！」

ガンツは、慌てるようにケバブをジュースで流し込んで、四人でポータルで【アトリエール】に移動する。

「ふぅ、なんか砂漠エリアからこっちに戻ると涼しいなぁ……」

炎熱耐性用のマントとゴーグルを外し、上着まで脱いで一息吐《つ》けば、タクたちも同じように装備を緩める。

『きゅう～！』

「うわっ⁉　ザクロ、ビックリした」

そして、そんな俺が帰ってきたのを見計らって、インベントリの召喚石から勝手にザクロが飛び出してくる。

『きゅきゅっ～！』

「あー、砂漠エリアでリゥイやプランが出てきたのに、ザクロだけ出番がなかったことで拗《す》ねてるのか？」

『きゅぅ～』

砂漠で足場が悪く、また正面から戦闘を行うような状況がなかったので、ザクロを憑《ひょう》依《い》させて自身を強化する必要性がなかったのだ。

「今回は機会がなかったけど、またいつかな」

『きゅっ！』

俺がそう言って宥《なだ》めると、分かったと言わんばかりに素直な返事をして、そのまま俺の膝の上に乗って甘えてくる。

そんなザクロの背中を優しく撫《な》でる俺の様子に、ミニッツたちが微笑《ほほえ》ましそうに見つめてくる。

「ふふっ……」

「うん？　どうしたんだ？」

「いえ、ユンちゃんは、本当にザクロたちが好きなんだなぁって思ってね」

「流石《さすが》、保母さんは健在だよな！」

「ガンツ、その呼び名は本当に止《や》めてくれ……」

ガンツの言葉にふて腐れたように唇を尖《とが》らせた俺だが、すぐに溜息《ためいき》を吐き出す。

そして、インベントリからシチフクからお土産として貰ったチョコ菓子を取り出し、俺とタクが散策した範囲の話をする。

次に、ミニッツたちが調べたオアシス都市内部の話にも相槌《あいづち》を打つ。

「へぇ、ガンツたちは、オアシス都市内部のクエストNPCを見つけたんだな」

「まぁ、昼間の町の様子はそんなところかな。今度は、クエストついでに町の外に出て調べてみるつもりだ。それより、ユンちゃんの探してたサンフラワーが見つかって良かったな」

「他にも砂漠エリアには、プラチナ鉱石にダイヤとかの素材があるそうじゃない！　私は、今からどんなアクセサリーを作ってもらおうか楽しみになってきたわ！」

ガンツはサンフラワーの入手を喜んでくれて、ミニッツは新しい素材に夢を膨らませている。

「いつかは、みんなにも素材集めを手伝って欲しいんだよな」

俺がそう言うと、ガンツとミニッツは、もちろんと頷《うなず》いてくれる。

きっと、先にログアウトしたケイとマミさんも同じように言ってくれるだろう。

「まぁ、俺の目的だったサンフラワーを手に入れることができたことだし、今度は俺がタクたちを手伝う番だからな」

「いいのか、ユン？　ユンの目的は達成できたし、砂漠エリアの敵ＭＯＢは結構厳しいのが多いと思うぞ」

確かに目的のサンフラワーを見つけたのだから、無理に付き合う必要はないかもしれない。

だが、砂漠エリアに行く目的は一緒だったが、サンフラワー探しを手伝ってもらったのだ。

タクたちに手伝ってもらいっぱなしでは、対等ではないために、もう少しタクたちに付き合ってもいいと思っている。

それに――

「プラチナやダイヤ、砥石《といし》、燃える水にデザートグラスと色んな素材があるなら、まだ他にもあるかもしれないだろ？　それを直《じか》に見てみたいんだよ」

「了解。それじゃあ、次に挑む場所の候補を挙げてみるか！」

そうしてタクたちは、【アトリエール】で砂漠エリアでの次の活動の相談を続ける。

この場にはいないケイとマミさんにも後で相談するらしい。

そんな相談を横目に、俺はシチフクから譲って貰ったサンフラワーの種を鉢植えに植えるのだった。

四章　ピラミッドとトラップ

「おっ、芽が出てる」

【サンフラワーの種】を植えてから二日後、【アトリエール】のウッドデッキに並べた鉢植えから双葉の芽が出ていることに気付く。

「何日くらいで花が咲くのかなぁ」

一応、鉢植えの土は、中級肥料や植物栄養剤などを使ったパターンと使わないパターンを用意したが、サンフラワーの成長速度には大きな差はないようだ。

「うーん。肥料と植物栄養剤は、収穫物の品質向上と採取量の増加が目的だから、種がどれくらい取れるか楽しみだなぁ」

ちなみに農夫NPC《ノン・プレイヤー・キャラクター》に栽培方法を確認した結果、通常環境以上の温度さえあれば育つらしく、温暖なガラスハウスではなく鉢植えでの野外栽培にしているのだ。

俺は、鉢植えに水遣《や》りをしてから、装備を整えていく。

「ピラミッドかぁ……中ってどうなってるんだろうなぁ」

タクたちと次に挑む場所を相談した結果、砂漠エリアのシンボルにもなっているピラミッドダンジョンに挑むことになった。

俺は、その待ち合わせに向かうために、【アトリエール】のミニ・ポータルから砂漠エリアのオアシス都市に転移する。

「よっと……確かタクたちは、オアシスで待ってるんだよなぁ」

オアシス都市のポータル前からＮＰＣたちの間を縫うように歩いて行けば、町の外のオアシスに辿《たど》り着く。

「おう、ユン来たか！」

「ああ、今日は、よろしくな」

タクたちには、砂漠エリアに連れてきてもらった。

その結果、砂漠エリアにはサンフラワーはなかったが、サンフラワーの種を持つシチフクとも出会えて種を譲って貰《もら》うことができた。

そのお礼も兼ねてタクたちのやりたいことに付き合う気持ちでいたが、俺なんかが参加して足手纏いにならないか不安になる。

俺の不安を余所《よそ》に、既に全員集まっていたタクたちが朗らかに出迎えてくれる。

タクとガンツとケイは、いつものようにＯＳＯの情報交換を行っており、ミニッツとマミさんは、オアシスの畔《ほとり》で涼みながら待っていたようだ。

「ユンが来たことだし、早速ピラミッドダンジョンに挑むけど準備はいいか？」

「ああ、大丈夫。多分……」

殆《ほとん》ど情報のない初見のダンジョンに俺は、頑張ろうと少し体に力が入る。

そんな中、ガンツもこのピラミッドダンジョンの挑戦を楽しみにしていたようだ。

「ピラミッドダンジョン、どんな感じなんだろうなぁ！　早く入ろうぜ！」

自分の掌《てのひら》に拳を打ち付けて、やる気に満ちているガンツに、ミニッツが呆《あき》れた声を掛ける。

「ガンツなんてやる気が余りすぎて、でもピラミッドダンジョンにはみんなで挑むからって、ソロでオアシス都市周辺の敵ＭＯＢと戦ったのよね」

「ええっ!?　大丈夫だったんですか!?」

やる気を抑えられずに、ソロで砂漠エリアの敵ＭＯＢと戦ったガンツのことをミニッツが口にして、マミさんが驚きの声を上げる。

「おう！　死に戻りしたぜ！　ただ14体まで倒した！」

「ダメじゃないか……いや、この砂漠エリアの敵をソロでそれだけ相手取れるのは、十分か？」

決め顔で、砂漠エリアでのソロでの結果を告げるガンツの様子と、その直後のケイのツッコミと冷静な分析に、俺は思わず吹き出してしまう。

そんなやり取りに少しだけ肩の力が抜け、ピラミッドダンジョンを楽しめそうな心持ちになった。

「さぁ、入り口に着いた。入るぞ」

砂漠のオアシスに水を供給する排出口の反対側にピラミッドの入り口があり、そこから中に入ると、石造りのピラミッド内はひんやりとして涼しかった。

「おっ、結構涼しい……これなら砂漠横断に使った炎熱耐性装備はいらないかも」

砂漠とピラミッド内の温度差に驚きながらも、試しに【夢幻の住人】や遮光ゴーグルを外してみる。

俺が炎熱耐性装備を外しても環境ダメージを受けなかったために、タクたちも同じように装備を切り替えていく。

タクやガンツたちは耐熱装備を外すだけであるが、ケイだけは軽い革鎧《かわよろい》から見慣れた金属鎧に装備を戻している。

「それじゃあ、ガンツは先頭で罠《わな》の発見を頼むな。ユンも地図の作成を頼む」

「任せろ！」

「ああ、大丈夫だ」

【罠解除】のセンスを持つガンツが先に進み、俺がインベントリから紙とペンを取り出してピラミッドの内部構造を地図に描いていく。

『きゅきゅっ！』

その時に、インベントリの召喚石からザクロが飛び出してきて、やる気を見せる。

「はいはい。今日は、ザクロが活躍する番だな。来い――《憑依《ひょうい》》！」

『きゅぅ～！』

俺の声と共に体の中にザクロが飛び込み、頭と腰にザクロの黒い狐《きつね》の耳と三本の尻尾が生える。

「「「……」」」

「んっ……なんだよ。改めてマジマジと見て」

そんな俺とザクロの憑依のやり取りを見て、無言で集まるタクたちの視線に恥ずかしさを感じ、自然と身を守るように三本の尻尾が体に巻き付いてくる。

「ああ、悪い。それじゃあ、行くか」

ダンジョンの通路は、プレイヤー三人が横に並んで武器を振り回しても十分な広さがある。

そのためにパーティーは横二列に並び、前衛がタク、ガンツ、ケイ、後衛に俺、ミニッツ、マミさんの配置で進むことになる。

「ほわぁ……松明《たいまつ》の明かりです……」

「ダンジョン内が明るいのはいいけど、松明の明かりだけなのは、ちょっと心許《こころもと》ないなぁ」

長く延びる通路の左右の壁面には松明が掛けられており、ピラミッド内部を照らしている。

だが、松明の設置間隔が広めであるためにその間には濃い影が生まれ、不安定に揺れる炎が逆に頼りなく感じる。

暗視効果を持つ【空の目】のセンス持ちの俺には関係ないが、この光と影の隙間は意識の死角になりやすく、そこから不意打ちされやすい。

「一応、私が明かりを灯《とも》しておくわ。――《ライト》！」

ミニッツが頭上に光球を打ち上げたことで、俺たちを中心にピラミッドの通路が照らされて影が払われるが、その時ガンツが驚きと共に制止の声を上げる。

「うぉっ!?　全員止まれ！」

「どうした、何があった？」

「罠だよ。危ねぇ……槍衾《やりぶすま》の穴が影の中に隠れてやがった」

ガンツが覗《のぞ》き込んだ先には、壁の石材に大きな隙間が空いていた。

そして、ガンツが床の石材を踏むと、壁の石材の隙間から無数の槍が突き出される。

「うわ、えげつねぇ」

タクがぼやく通り、等間隔で配置された松明で視界が確保される安心感を与えつつ、その実、松明同士が作り出す影の中に罠を仕込んでいたのだ。

「これ、見極めるには、さっきみたいに光源確保するか、俺みたいな暗視効果を持ったセンスでもないと見つけられないだろ」

「ユンちゃん、それだけじゃないぞ。そっちの松明の裏側、よく見てみな」

「うん？　松明……あっ⁉」

ガンツが指差した松明の裏側にも石材の隙間があり、その奥から黒く粘性のある液体が垂れているのが見えた。

「よっと、この松明外せるな。多分、そっちは液体噴出の罠だな。中に詰められた液体が勢いよく噴き出すんだ。大抵は、毒液とかの状態異常《バッドステータス》の罠なんだろうけど……」

「オアシス都市で聞いた『燃える黒い水』だろうなぁ。噴出されると同時に松明から引火して火炎放射になる罠」

えげつないなぁ、と思いながらもガンツは、罠を解除していく。

「それにしても、ガンツ。前より【罠解除】センスのレベル上がったんじゃないか？」

「そりゃ、結構な数の罠を見てきて、上位の【罠師】のセンスに上がってるからな！　この罠も今まである罠の応用だよ。それに――よし解除完了！」

罠を解除し、壁の石を退《ど》かして中に手を突っ込むと、黒い液体の詰まったガラス瓶――【神秘の黒鉱油】を引っ張り出して、俺に渡してくれる。

「たまに、解除した罠の素材が丸々手に入るから地味に美味《おい》しいんだよな」

まぁ、余裕がある時の小遣い稼ぎだな、と言いつつガンツは、松明を戻す。

このままガンツに罠の解除を任せて進んでもいいが、一応タクたちにも暗視効果を付与する【ナイトヴィジョン・クリーム】を瞼《まぶた》に塗ってもらう。

万が一、ミニッツの光球や通路の松明が消えた時、陰影の中に隠れた敵ＭＯＢからの不意打ちを避けるための保険を掛けて、通路を進んでいく。

最初の通路だけで二つの嫌らしい罠の記録を取りつつ進んでいくと、ピラミッドの最初の敵と遭遇する。

『ヴァアアアアアッ――』

「うわっ……」

奥から巡回してやってくるのは、乾いた茶色い体に白い包帯を巻き、彩色鮮やかな防具と金の装飾を身に着けたミイラだった。

名前は――ミイラ兵とそのままであるが、四体のミイラ兵が二列の隊列を組む。

前列のミイラ兵が片手で盾を構えてもう片方の手には剣を持っており、後列のミイラ兵は狭い通路で弓を構えてこちらを狙っている。

「全員、俺の後ろに隠れろ！　――《ワイド・ガード》！」

即座にケイの後ろに隠れた俺たちは、放たれた矢が防御範囲の拡大した盾の障壁に弾《はじ》かれて地面に落ちるのを見た。

その弓矢の牽制《けんせい》に足を止めている間、前列のミイラ兵たちが盾を前面に掲げたまま、少しずつこちらに向かって進んできている。

「ユン！　マミさん！」

「了解！《付加《エンチャント》》――インテリジェンス、《属性付加《エレメント・エンチャント》》――ウェポン！」

「行きます！　――《エアロ・カノン》！」

俺がINTと風属性のエンチャントをマミさんに付与した後、マミさんの杖《つえ》から空気砲が放たれ、ミイラ兵の盾に当たる。

「ガンッ、突っ込むぞ！」

「よし、来た！」

マミさんの空気砲が当たると共に、盾が大きく吹き飛ばされ、よろめくミイラ兵に向かってタクとガンツが駆けていく。

そんな二人を援護するために、タクたちを狙うミイラ兵の矢を俺は矢で射落としていく。

「はぁぁっ――《パワー・バスター》！」

「――《鬼狩り蹴り》！」

タクとガンツのアーツが決まるが、それでも倒れない相手に更に攻撃を加えていく。

その間に、タクとガンツを巻き込まないように後衛の俺たちも単発の攻撃を後衛のミイラ兵に放ち続け、しばらくしてミイラ兵を全て倒すことに成功する。

「ふう、勝てたなぁ。けど、ちょっと戦闘時間が長めか」

戦闘を終えて、長い溜息《ためいき》を吐き出すタクは、勝利した後の嬉《うれ》しそうな表情をしていない。

「タク、さっきの戦闘はダメだったのか？」

普段通り、スムーズに倒せたように思うが、タクとケイは少し厳しめな表情で答えてくれる。

「ちょっと攻撃が当たったけど、ダメージ自体はあまり痛くはないな。だけど、耐久力が高くて一回の戦闘が今までより少し長引きそうだな」

「それにピラミッドの通路の広さ的に、回避は難しいし、最悪、巡回する二つのＭＯＢの集団に挟み撃ちされる危険性もあるな」

他にも、耐久力の高めなミイラ兵の隊列がこちらに盾を掲げたまま接近し、プレッシャーを掛けて来たのは、プレイヤーに徐々に後退を促し、通ってきた通路のトラップを踏ませるためかもしれない、などタクとケイが考察する。

「とりあえず、背後への警戒を強めるために配置を変えるか」

前衛に、罠発見のガンツと壁役《タンカー》のケイ。

中衛に、前衛と後衛のどちらにも駆け付けられるタクとパーティーの攻撃の要のマミさん。

後衛に【土魔法】での通路封鎖による足止めや弓矢による遠距離攻撃ができる俺とメイスで多少接近戦ができて光魔法が使えるミニッツの隊列に直して進む。

また、ミイラ兵はアンデッド系ＭＯＢのために、アンデッド特攻系のミスリルや銀系装備、またミニッツの光魔法が有効な場合があった。

その後の戦闘は、動きを効率化したために一回目の戦闘時間よりも短くなり、通ってきた通路側でリポップしたミイラ兵たちからの挟み撃ちにも対応することができた。

また、予想しなかったミイラ兵とピラミッドのトラップの組み合わせがあり――

『ヴァァァァァッ――』

「うわっ！　自分で火炎放射の罠《わな》に踏み込んだ⁉」

黒い油が横穴から噴き出し、松明の炎が引火した火炎放射を真横から浴びたミイラ兵たちはその体を炎に包みながら、武器や盾を捨てて全力でこちらに突撃してくる。

「怖っ！　普通に、怖いって！」

ミイラ兵全員が燃えた体のままタクたちに抱きつき、延焼ダメージを与えようとしてくる。

「熱っ！　燃える！　体が燃える！」

「ザクロ！」

『きゅっ！』

接近した燃え盛るミイラ兵がガンツの体にしがみつき、継続的なダメージを与える中、俺は憑依したザクロに指示して三尾の尻尾で燃え盛るミイラ兵に巻き付く。

《狐火《きつねび》》を使うザクロの尻尾が黒い炎を纏っているために、ミイラ兵の炎が燃え移ることなく、引き剝がすことができた。

「相性の悪いガンツは、下がってミニッツの回復を受けろ！　――《ソニック・エッジ》！」

そして、ガンツの代わりにタクが前衛に入り、徐々に後退しながら敵ＭＯＢに飛ぶ斬撃を放っている。

「あちちちっ！　ミニッツ、回復頼む！」

「はいはい。――《メガ・ヒール》！」

燃え盛るミイラ兵に抱きつかれたガンツは、後衛でミニッツの回復を受けている。

「マミ、水を頼む！　――《シールド・バッシュ》！」

「はい！　――《アクア・バレット》！」

ケイは、掲げた盾を力強く押し出して、燃え盛るミイラ兵をノックバックで押し返す。

そして、動きが止まったところでマミさんの水弾がミイラ兵の炎を消火し、そこを俺の矢とタクの追撃で倒す。

「ふぅ、ビックリした……」

「ああ、炎を受けるとあんな風に変化するんだな。まぁ、その分耐久力が減るみたいだけど……」

淡々とこちらに圧力を掛けてきたミイラ兵が豹変《ひょうへん》して、燃える死体となって襲ってくるのは、正直心臓に悪い。

そうして、ダンジョンの二階層に進んでいくのだが――

「うおっ⁉　なんだっ⁉」

ゴゴゴゴッ——とピラミッド全体が鳴動を始め、目の前の通路の壁が徐々に迫《せ》り出して
きて、通路が完全に閉ざされてしまう。

「まさか、ダンジョンの構造が変わるなんて……」

「体内ダンジョンの事例もあるし、そういうこともあるよな。まぁ、今まで作った地図が完全に無駄になったわけじゃないから、頑張ろうな」

「……うん」

このピラミッドダンジョンは、一定時間毎《ごと》にダンジョン内部の構造が変化するようだ。

とは言っても入る度にダンジョンの構造が完全に変わるのではなく、基本的なダンジョン構造はそのままに、特定地点の壁だけが変化しているようだ。

そのために、次の階層に進むための最短経路が塞がれて迂回《うかい》したりする必要がある。

「うーん。上の階層に上がる坂道は、第一階層に四つかぁ……」

ダンジョンの階層が広い分、構造変化によっては、二階を経由してからでなければ入れない場所ができたり目的地までの移動距離が長くなる可能性がある。

だが、上下階層に移動するための長く緩やかな坂は変わらず、また構造が変化しても必ずゴールであるピラミッド最上階までの道は確保されているはずである。

そんなピラミッドダンジョンの記録を取りながら、奥へ、上へと進んでいくのだった。

●

ピラミッドダンジョン二階も中盤に差し掛かった頃、新たなMOBを見つけた。

「おっ、今度は新しいMOBだ」

【空の目】の暗視と遠視によって薄暗い通路の奥にいるのが見えた。

「紫色の塊が天井にいるな……」

もっとも視覚系センスの強い俺が見つけた直後、紫色の塊が動き始める。

天井から離れて空中に浮かび、紫の触手をうねらせ、閉じられていた黄色い一つ眼《め》の瞳を妖しく輝かせてこちらを見つめてくる。

「っ⁉ 《空間付加《ゾーン・エンチャント》》――マインド！ うぐっ⁉」

経験上、遠距離から攻撃してくるタイプには魔法系が多いために、反射的にタクたち全員にMINDのエンチャントを施す。

だが、そのエンチャントの底上げを突き抜けて、瞳の眼光が俺たちの体を通り抜ける。

「全員、大丈夫か⁉ くっ、【誘惑3】か！ ミニッツ！」

「ええっ！　《ディスペ——っ！　ユンちゃんも⁉　きゃっ！」

「きゃっ⁉　えっ、ユンさん、なんで⁉」

意識がぼんやりするが、目の前で起こってることは理解できる。

全員の状態を確認するために声を掛けたタクに対して、【魅了】の上位である【誘惑】の状態異常《バッドステータス》に掛かったガンツが殴り掛かったのだ。

そして、【誘惑】を解除するために回復魔法を使おうとしたミニッツの腕に、同じく【誘惑】の状態異常《バッドステータス》に掛かった俺がしがみついて、魔法を妨害する。

更に、俺に憑依《ひょうい》したザクロの三尾の尻尾が、マミさんの体にも巻き付いていく。

（本当に、ごめん。タク、ミニッツ、マミさん！）

（きゅう〜！）

前衛のガンツと後衛の俺がタクたちの妨害を始めたことで、最初は動揺していたミニッツも躊躇《ためら》いがちにメイスで応戦してくれる。

「くっ⁉　更にミイラ兵も来たか！」

そんな状況で後方からミイラ兵たちも集まり、この場は非常に混乱し始める。

「もう、後で反省会よ！　——《ディスペル》！」

ミニッツは応戦しながらも俺とガンツに回復魔法である《ディスペル》を使うが、

状態異常《バッドステータス》の強度が高いために一度では回復しきらず、俺たちの妨害は止まらない。

その間にも、タクとガンツが争い合う奥に見える、大きな黄色い一つ眼《め》のMOBが触手で壁の一角を押し込む。

ガゴンとダンジョンの床で異音が鳴り、俺たちの足下の通路が真ん中から開き、体に浮遊感を感じる。

（プレイヤーへの状態異常《バッドステータス》での同士討ちと罠の起動による攻撃かぁ、えげつないなぁ……って、待て待て、ちょっと待て！）

一つ眼のMOBに操られた体は、言うことを聞かないが、落下する時の光景が【空の目】によってゆっくりと見える。

「――《ディスペル》！」

そして、落とし穴が開くと時間差で完成したミニッツの回復魔法が成立して、俺とガンツの【誘惑】の状態異常《バッドステータス》が消え去り、体の自由を取り戻した。

「へっ――ひやぁあぁあぁあっ！」

「「きゃあぁあぁあっ！」」

正気に戻った俺は、ミニッツとマミさんと共に悲鳴を上げながら、落とし穴に落ちていく。

そして、長いのか一瞬なのか分からない時間の中で俺たちは、水の中に落ちた。

「うっぷ！　どうなってるんだ？」

手足をバタつかせて水面から顔を出して周囲を見渡せば、結構な流れのある水路に落ちたようだ。

「俺たち、このままどうなるんだろう？」

（きゅぅ〜）

水面から顔を出し、憑依したザクロに問い掛けるように呟《つぶや》く。

「うっぷ！　溺れ、溺れる！」

「マミ、大丈夫⁉」

一緒に水に落ちてパニックになってバタつくマミさんと、それを落ち着かせようとするミニッツの声が聞こえた。

俺は、パニックが収まらないマミさんを落ち着かせるために、落ちる直前まで【誘惑】による妨害で巻き付けていたザクロの尻尾を操り、マミさんを支えながら水路を流される。

「マミさん、もう大丈夫だから、落ち着いて」

「はぁはぁ……ユン、さん」

水の流れで離れ離れにならないように、ミニッツの腕にもザクロの尻尾を巻き付け引き寄せて、三人で纏《まと》まって流される。

一周年アップデート後の段階的な調整で、【栽培】センスと同様に、控えにあっても
【泳ぎ】センスのパッシブ効果が適用されるようになったために、立ち泳ぎで水面から顔を出して呼吸を確保する。

俺たちは、ピラミッドダンジョンの通路と同じだけの空間に、三分の二の深さまで水が満たされた水路を流されていた。

激しい流れに逆らって水路を進むのは難しいために、水の流れに身を任せている。

その後、流される水路が分岐と合流を繰り返し、流された先で光が見えた気がした。

「出口、ぬわっ⁉」

大量の水と共に水路から放り出された俺たちは、一度沈むが、再び水面に向かって泳ぎ、眩《まぶ》しい太陽に手を翳《かざ》しながら、自分たちがどこから出てきたのか振り返る。

「ああ、ピラミッドの排水口だったのか」

「酷《ひど》い目に遭ったわねぇ」

「ううっ、ビックリしました」

オアシスに水を供給するピラミッドの排水口から放り出されたらしい。

すっかり濡《ぬ》れてぺったりと細くなってしまったザクロの尻尾を見て、少しもの悲しくな

る。

「ぬぉわぁぁぁぁぁっ──うっぷ⁉」

ミニッツとマミさんと共にオアシスの泉から抜け出し防砂林の木陰に座って装備を乾かしていると、気の抜けた悲鳴と共に、誰かがまたピラミッドの排水口から投げ出されたような音が複数続く。

「ぷはっ！　くそぅ！　やられた！」

「タクたちもやっぱり落ちたんだな。大丈夫か？」

どうやら、足下の落とし穴が開いた後、時間差でタクたちも落とし穴に落ちて、ピラミッドから強制排出されたようだ。

「一応、死んでないから大丈夫だと、思いたいなぁ……」

いきなりピラミッドから強制排出されたのだ。

デスペナルティーなどは受けていないが、精神的なショックは大きかった。

全員が、ずぶ濡れの恰好《かっこう》でオアシスの畔《ほとり》で脱力している。

「あぁぁぁっ！　やられた！　あの目玉の敵──ゲイザー！　状態異常《バッドステータス》の攻撃を使ってきた！　だけど、最後には一矢《いっし》報いてやったぞ！」

濡れた体でオアシスの畔の草地に仰向けに倒れたタクが大きな声を上げる。

あの紫色の触手と黄色い瞳を持つ目玉のMOBは、ゲイザーというらしい。

眼光によってプレイヤーに【魅了】の上位である【誘惑】の状態異常《バッドステータス》を掛けて同士討ちを狙い、遠距離から魔法や罠《わな》を使って攻撃してくる相手だったらしい。

俺たちは、その術中に嵌《は》まり、全員仲良く落とし穴でピラミッドから強制排出されたが、タクが落ちる瞬間に片方の長剣を投げて倒したようだ。

「悪いな。状態異常《バッドステータス》に掛かって、それに足まで引っ張って……」

「それは違うぞ。眼光が輝く直前に全員にMINDのエンチャントを掛けただろ？　そのお陰で【誘惑】が掛かり辛《づら》くなったんだ。ユンとガンツが掛かったのは、たまたま運が悪かっただけだ」

敵の攻撃を防ぐ壁役《タンカー》のケイや回復役のミニッツ、後衛魔法使いのマミさんたちは、MINDのステータスが高めだったり、行動不能になるような状態異常《バッドステータス》の対策を取っていた。

だが、それらの対策よりも攻撃面にセンスやアクセサリーのリソースを割いていたタクとガンツは、【誘惑】の状態異常《バッドステータス》に抵抗できる可能性は低かった。

「そうよ！　今回は運が悪かっただけ、初見殺しだったのよ！」

「そうですよ。初めてのエリアでの失敗は、良くあります！　私だって失敗する時、みんなに助けられているんです！」

「ありがとう、ミニッツ、マミさん……」

ミニッツとマミさんに慰められた俺は、力なく笑うが、心は少し軽くなった。

「それでどうするんだ？　まだピラミッド攻略を続けるのか？」

大分、濡れた体が乾いてきたケイがタクに尋ねれば、タクは俺たちを見回す。

俺たち自身もやる気であることを確認して、いい笑みを浮かべる。

「とりあえず一旦休憩を挟んで、もう一度挑むか！　幸い、まだまだ時間はあるからな！」

全員、一度や二度の失敗など慣れているのか、やる気である。

一度、改めてピラミッド内での情報を整理し、次はより効率的な動きなどを相談していく。

また、ピラミッド内では確認を後回しにしていたドロップアイテムなどの整理もついでに行うのだが——

「お疲れ様。お茶でも飲むか？」

「サンキュー、ユン。貰《もら》うわ」

オアシスの畔に座って休むタクにお茶を渡した俺は、指先を動かして操作しているタクのメニューを覗《のぞ》き込む。

「タクは、何してるんだ？」

「いや、倒した敵のドロップアイテムを確認しているんだ」

そう言ってインベントリから取り出したのは、縦長の赤い模様が入った球状の禍々《まがまが》しい結晶体だ。

「――ゲイザーからのドロップの【誘惑の魔眼球】だってさ」

「眼球って、なんか生々しいなぁ。まぁ、本物の眼球じゃないだろうけど……」

眼球と名が付いているが、分類上は無加工で使える宝石系の素材らしい。

武器やアクセサリーの装飾として使えば、ＩＮＴがかなり高めに上昇する一方、ＬＵＫのステータスが下がるデメリット付きの素材アイテムみたいだ。

「俺の方は、【蠱惑《こわく》の抗毒薬】がドロップしたな。まぁ、効果量は俺が作るのより少し劣るけど……」

「良くありがちな、初見殺しの敵のドロップにそいつの対策アイテムがあるみたいなやつだな」

俺が毒と魅了の耐性付与ポーションがドロップしたことを伝えると、タクが苦笑いを浮かべている。

次にゲイザーに遭遇した時は、これを使って【誘惑】の状態異常《バッドステータス》を耐えろってことだろうか。

他にも、ガンツたちには、魅了の状態異常《バッドステータス》回復薬である解魅薬《げみやく》などをドロップしていた。

「あとは、気になるドロップアイテムと言えば……これかな？」

「うん？　なんだ、これ？　枯れ木？」

茶色く罅割《ひびわ》れた細い枯れ木のような物を手に取った俺が首を傾《かし》げると、タクがその正体を口にする。

「ミイラの手――『ひぃっ⁉』――おっと……」

思わず悲鳴を上げて枯れ木のようなミイラの手を投げ出してしまい、それをタクが空中でキャッチする。

「タク、お前なんて物を持たせるんだ！」

「ピラミッド内で遭遇した時は、平気だったのに、なんでミイラの手程度で驚くんだよ」

「敵ＭＯＢとしては落ち着いて見れたけど、それを不意打ちで直接触るのは気持ち悪いだろ！」

俺がそう反論して急いで自分のドロップアイテムを確認すると、ミイラ兵の使っていた装備や金のアクセサリーの他にもミイラの手が何個かドロップしていた。

「うわぁ、これどうしよう……凄《すご》く要らないんだけど……」

持っているだけで呪われそうなアイテムに、俺はありありと拒否感を示すが、タクがとんでもないとでも言うような顔をする。

「一応、それ消費型のステータスアップアイテムだぞ！　一定時間ＬＵＫステータスを上げてくれる貴重なアイテムだ。まぁ、効果が切れると反動でＬＵＫステータスが下がるけどな」

確かに、デメリット付きの有用アイテムっぽいが、ゲイザーの【誘惑の魔眼球】やミイラ兵のミイラの手なんかは、結局は呪いのアイテムではなかろうか、と思ってしまう。

これもピラミッド繋《つな》がりでこうしたデメリット付きアイテムが手に入るのかもしれない。

「要らない。絶対に要らないし使いたくない。タクに全部やる」

「おっ、マジで⁉　じゃあ、代わりに【誘惑の魔眼球】とトレードな」

「いや、多分使わないんだけどなぁ……はぁ」

でも、若干デザインが禍々しいので、クロードにでも渡せば、喜ぶのではないか、と思ってしまう。

「それより、ピラミッドでの対策とかの話でもしないか？」

時間経過と共に動く壁や、足場が抜けて水路で強制排出されたりしたのだ。

万が一、パーティーが分断された時の動きとかも決めておいた方が良いかもしれない。

「それなら、分断された状態で先に進むのは難しいから、一つ前の階層に戻ってそこで合流とかだろうなぁ。幸い、フレンド通信が使えなくなるような状況じゃないだろうし」

「なるほど、了解」

俺は、そう頷《うなず》き、タクと並んでぼんやりと太陽の光を反射するオアシスの水面をぼんやりと眺める。

そんな俺とタクの後ろ姿をニヤニヤと眺めているミニッツたちの様子に気付かずに、休憩を続けるのだった。

●

全員が落とし穴に落とされて、地下水路からピラミッドの外に強制排出されるというトラブルがあったものの、俺たちは休憩を経て、改めてピラミッドに挑む。

「厄介なゲイザーの【誘惑】と炎系の対策としては、ユンのエンチャントでのＭＩＮＤと火属性耐性を底上げするのと、耐性付与ポーションを使うことだよな」

「なら、エンチャント掛けるぞ。《空間付加《ゾーン・エンチャント》》――マインド！ 《属性付加《エレメント・エンチャント》》――アーマー！」

俺は、全員に精神ＭＩＮＤのエンチャントを施した後、火属性の属性石を消費して防具に火属性耐性をエンチャントする。

これにより、【誘惑】などの精神系状態異常《バッドステータス》の抵抗力を底上げし、火属性耐性を高めることで、燃えるミイラ兵や炎系のトラップからのダメージを軽減できる。

更にゲイザーの【誘惑】対策として、全員が耐性付与ポーションの【蠱惑の抗毒薬】を飲むことになった。

「ふぅ、これで二人同時に【誘惑】に掛かることはないよな」

初めて作った時から何度も改良を重ねた結果、耐性付与ポーションの性能も上がり、【魅了】の上位の【誘惑】の状態異常《バッドステータス》でもかなりの確率で防げるはずだ。

これでできる限りの準備は整えた。

「さっき通った時から時間が経《た》って階層構造が変わっているかもしれないから、また確認しながら進むか！」

「「「――了解！」」」

全員が頷き、先ほどと同じ配置で進んでいく。

一応、対策を取ったことと探索の慣れにより、スムーズに二階層に上がることができた。

二階層に上がると、一度に出現するミイラ兵の数が一体増え、新しく錫杖《しゃくじょう》を持った後衛のミイラ兵も現れて味方のミイラ兵を回復していくのだ。

「くそっ、ミイラ兵が回復された。面倒くさい！」

「倒したミイラ兵、また復活させられた！　全体少し下がれ！　陣形を立て直す！」

またミイラ兵たちは、倒れてから光の粒子となって消えるまでの時間が長く設定されているらしく、回復型ミイラ兵によって復活させられることもある。

とは言っても一つの集団に丁寧に対処すれば、そこまで難しくはなかった。

だが、幾つかの状況が重なると、途端に難易度が高くなる。

「このくらいなら、楽勝、楽勝……あっ」

時間経過によるピラミッド内部の構造が変化したためか、近くの通路の壁が動き、別の場所と繋がる。

『『『ヴァァァァァァッ――』』』

「くそぉおっ！　この場から逃げるぞ！」

「もう遅い、挟まれた！」

自分たちが通ってきた通路の敵ＭＯＢを倒してきたために後方は比較的安全だと安心していた。

だが、ダンジョンの構造変化により、別の通路から流れ込んできた敵ＭＯＢから挟み撃ちされてしまう。

タクがすぐさま移動の指示を出すが、それより先に通路から湧き出したミイラ兵に挟み撃ちにされ、背後から迫る集団にケイ一人が駆け出し足止めをする。

前後を挟まれて危険な状況だが、ケイが後方の敵を一人で引きつけてくれるので、俺たちは、前方から押し寄せるミイラ兵に集中して対処することができる。

『ヴァァァァァァッ――』

「よし、一体倒した……って、あぁぁぁあっ！　また、ミイラ兵が回復した！　それに新しいグループも来やがった！」

一つのグループだけなら、大した問題ではない。

だが、ミイラ兵が沢山集まると、こちらの攻撃が分散するために、錫杖を持ったミイラ兵に、回復や蘇生《そせい》の隙を与えてしまうのだ。

そして、戦闘が長期化するために、更に巡回する別のミイラ兵のグループが合流してくるのだ。

「往年のRPGの無限に仲間を呼ぶ現象じゃねぇぞ！」

「それに敵まで蘇生を使うなんて、本当に面倒くさい！　ユンちゃん、罠《わな》には押し込まれていないわよね！」

悪態を吐《つ》くガンツとミニッツに声を掛けられ、俺は【看破】のセンスで周囲を確認する。

「大丈夫！　それより、倒れたミイラ兵を処理するから気をつけて！　ザクロ――《狐火《きつねび》》！」

（きゅっ！）

俺が後衛からパーティー全体の様子を窺《うかが》いつつ、周囲の罠の位置やミイラ兵の処理、弓矢での敵の足止めなどを並列的に行っていく。

倒したミイラ兵の体の消滅時間が長く設定されているが、破壊可能なオブジェクトの性質を持つようになっているために追い打ちを掛けることで素早く消滅させ、蘇生を防ぐことができる。

特に火属性の攻撃には弱く、一瞬で延焼することにより短時間で処理が終わる。

「マミさん、敵をあと5メートルほど後ろに押し込んでくれ！」

「分かりました！　はぁぁっ！　――《エアロ・カノン》！」

ガンツの指示の直後に、マミさんが杖《つえ》を掲げる。

それに合わせて前衛のタクとガンツが床に伏せた直後、彼らの頭上をマミさんの空気砲が通り抜ける。

通路一杯に詰めていたミイラ兵たちは、空気砲によって纏《まと》めて通路奥へと押し込まれる。

その直後に、伏せていたガンツが駆け出し、とある壁の一部を力強く殴り付ける。

「よし、これで終わりだ！」

『『『ヴァァァァァァッ――』』』

ガンツが押したのは、落とし穴のトラップだ。

ちょうどマミさんの空気砲がミイラ兵たちをトラップの位置まで押し込み、罠を逆に利用する形でミイラ兵たちを落とし穴に落としていくのだ。

「よし、今のうちに、ケイの方のミイラ兵も倒すぞ！」

前方のミイラ兵を一掃した俺たちは、ケイの援護に向かう。

「ふぅ、はぁ……しんどかった……」

一時は、二十体近いミイラ兵たちが押し寄せてきたが、何とか切り抜けることができ、その場で一息吐く。

「とりあえず、ガンツは、途中で何をやったか説明頼む」

タクが密集した戦闘で回復の暇がなかったために戦闘後にポーションを飲みながら、ガンツに尋ねると、ガンツは自慢げな表情をしながら説明してくれる。

「トラップを逆に利用して、敵を仕留めたんだ」

「トラップの逆利用？」

【罠師】のセンスでどこにどの種類のトラップが設置されているか分かるために、それをプレイヤー側が利用して戦闘を有利に進めたのだそうだ。

「へぇ、凄《すご》いなぁ。俺でもできるかなぁ？」

「【看破】のセンスがあるユンちゃんもできる方法だと思うぜ」

俺は【土魔法】を使うので、足止めのための《マッドプール》や《ベア・トラップ》とダンジョンのトラップを併用した戦い方は面白そうだ、と思った。

だが、ガンツの話を聞くと、メリットだけでなくデメリットも存在するらしい。

先ほどの戦闘だと、ミイラ兵を落とし穴で強制的に排除した場合、倒すと言うよりも戦闘離脱状態になるためにドロップアイテムが手に入らないそうだ。

またミイラ兵は、炎を受けると燃え盛るために、火炎放射の罠で逆に強化してしまう点などが上げられる。

「へぇ……罠が多くてちょっと面倒なダンジョンだと思ってたけど、こっちも利用できるのかぁ」

「まぁ、ただそこは同じく罠を利用するゲイザーと罠の使い合いになるかもな。それに……」

ガンツが立ち上がり、ジャンプして天上からやや出っ張っている石を押し込むと、ゴゴゴッと近くの壁の通路が変化する。

「頻繁に構造が変化するピラミッドダンジョンだけど、罠を利用して構造変化を引き起こせば、目的地まで近道することができるかもな」

そう言って、ドヤ顔を作るガンツだが、俺はそんなガンツに対して、弓を構える。

「ガンツ、しゃがめ！　――《剛弓技《ごうきゅうぎ》・山崩し》！」

「っ!?　のわっ！」

分厚いピラミッドの壁が開かれると共に、その通路の奥のゲイザーと目が合う。

やぁ、とでも言うように触手をゆらゆらと振るゲイザーが瞳を妖しく輝かせる予兆を見た瞬間に、俺は反射的にアーツを放った。

ガンツも慌てて仰《の》け反るような形で弓矢の射線を避《よ》けると、通路の向こう側にいたゲイザーの瞳に矢が深々と突き刺さり、ゲイザーは光の粒子となって消えた。

「ふぅ……ビックリしたぁ。ゲイザーが待ち構えていたとは」

「ユン、ナイス。罠を利用して別の道を開くのもいいけど、その向こう側も警戒しないといけなかったたな」

石壁が分厚いために壁の向こうの状況が分からないというのは、怖い点だと思う。

「ビックリした……ユンちゃんに弓向けられて、全力アーツを打たれるかと思った……」

「あー、まぁ、ドンマイ。ガンツ、運が悪かったわね」

咄嗟《とっさ》に回避できたガンツも俺に弓を向けられたのが心臓に悪かったのか、胸を押さえながら涙目でぼやき、ミニッツに慰められている。

そうして、ピラミッドの階層を進んでいけば、何度も罠に掛かる。

ある時は――

「きゃぁあっ！　あ、危ない、私たちも落とし穴に落ちるところだった。ユンちゃん、助かった」

「俺もビックリした。ゆっくり引き上げるから、落ちないようにな……」

三階層のとある通路には、戦闘中にガンツが起動したトラップと連動して発動する落とし穴のトラップが隠蔽されていた。

偶然、その落とし穴の上に乗っていたミニッツの足下が開いたのだ。

そのままでは、落とし穴から地下水路に落とされ、ピラミッドの外に排出されてしまうが、何とか憑依《ひょうい》したザクロの尻尾がミニッツの体を掴《つか》み、引き上げることができた。

そうして、三階層以上では隠蔽された連動罠の存在で安易な罠利用が難しくなった。

また、ある時は――

「全員、逃げろ！」

「「――へっ？」」

上の階層に上がる坂を先に上って偵察してきたガンツが、全力で坂を下ってきて、俺たちに警告を放つ。

その直後、遠くからゴゴゴッと重量感のある物が通路の壁を擦りながら迫ってくるような音が徐々に近づいてくる。

そんな中、全力で坂道を駆け下りてくるガンツの背後から現れたのは、巨大な黒い鉄球だった。

「ま、まさか……」

「鉄球が転がってくるぞ！　逃げろ！」

「なんでそうなるんだよぉぉぉっ！」

俺たちもUターンして全力で坂道を下ると同時に通路に差し掛かった巨大な鉄球が速度を増して迫ってくる。

「なんでこうなったんだよぉぉぉっ！　《空間付加《ゾーン・エンチャント》》――スピード！」

全力で逃げながら背後の巨大鉄球を見ると、恐ろしい質量感を持っていることが分かる。

あんなのに潰されたら一溜《た》まりもないだろう。

「どこかに逃げるところは！」

どこか横道に飛び込もうかと思い、これまで通ってきた通路を見るが、今まさにピラミッドが鳴動して構造変化が起こり、手前の横道が閉じて奥の通路が開く。

「うぉぉぉっ！　なんでこのタイミングなんだ！」

「とにかく逃げ続けろ！　足を止めるな！」

タクの声を聞き、後ろから迫る鉄球との距離を確認しつつ全力で逃げる。

「次、次はあそこの通路だ！　って、いぃぃぃっ!?」

俺たちが来た手前の通路がダメならと走り続けた結果、今度は別の横道を見つけてガンツが指差すが、その直後に奇妙な叫びを上げる。

俺も正面を確認すると、通路の横道から大量のミイラ兵たちが流れ込み、通路を塞いだのだ。

「クソッ、モンスターハウスのミイラ兵が流れ込んできた！　このまま突っ込むぞぉ！」

「ああ、もう、やけくそだぁぁぁっ！」

手持ちの武器を【黒乙女《くろおとめ》の長弓《ながゆみ》】から全力疾走しながらでも振るえる肉断ち包丁・重《じゅう》黒《こく》に持ち替え、雪崩《なだ》れ込んできたミイラ兵たちを殴って道を空けさせる。

「邪魔だぁぁっ、退《ど》けっ！」

スキルやアーツで一気に吹き飛ばせるが、アーツを使った後の硬直時間にミイラ兵に殺到されて身動きが止まる。

こんな状況で足を止めれば、背後の巨大鉄球に轢《ひ》かれることが予想できるために、通常攻撃を繰り出しながら強引にミイラ兵の壁を突破する。

ミイラ兵の壁を傷つきながらも突破した俺たちが、チラリと後ろを振り向くと、巨大鉄球に轢かれて光の粒子となるミイラ兵たちが見えた。

「よし、あそこに逃げ込め！」

振り返って弾《はじ》き飛ばされたミイラ兵に南無三と内心で唱えた後、タクの指差した横道に入り、鉄球をやり過ごす。

ゴゴゴッと目の前を通り過ぎた鉄球に冷や汗を掻《か》きながら、通路から顔を出して鉄球の転がっていった方向を覗《のぞ》き込めば、通路の天井の石材が一部迫《せ》り出して、それに引っかかる形で鉄球が止まり、光の粒子となって消えた。

また、鉄球が光の粒子となって消えた通路突き当たりは、床が開いて落とし穴になっていた。

鉄球の進路の突き当たりに辿《たど》り着くまでに通路の横道に逃げられなかった場合、プレイヤーは鉄球で潰されるか、それとも通路突き当たりの落とし穴に落ちて地下水路からオアシスに放り出されるかのトラップなのかもしれない。

「うわぁ……えげつねぇ」

「まぁ、逃げる間に、横道が幾つもあったからな。横道に入れる選択肢が用意してあるだけ、マシだろ」

俺と共に通路を覗き込むタクがそう呟《つぶや》き、改めて上ろうとしていた坂を上り、遂《つい》にピラミッドの第四階層まで辿り着いた。

「このピラミッドの最奥部……行き止まりじゃないか」

罠《わな》を警戒しながら第四階層を進むガンツは、なにもない場所に辿り着く。

「可笑《おか》しいなぁ……一応、地図上では、ここが第四階層の中央なんだけどなぁ……」

四角錐《しかくすい》型のピラミッドは、上の階層に進むほどに、一つの階層の広さが狭くなっていく。

そんな第四階層の中心地点がここになるのだ。

「ねぇ、壁に何か描いてあるわよ」

ミニッツが光魔法の《ライト》で追加の光球を生み出し、部屋一面を照らせば、ピラミッド内部の壁に壁画と象形文字がびっしりと描き込まれていた。

「わぁぁっ……凄いですね。絵と文字が……」

マミさんが部屋の壁を見回しながら、感嘆の声を漏らす一方、タクが壁画のスクリーンショットを撮影し、ケイが部屋の中にある火の点《つ》いていない黄金の燭台《しょくだい》を見て回っている。

「なぁ、ユン。この壁画になんて書いてあるか、分かるか？」

「いや、流石《さすが》に【言語学】のセンスがあるからって、こんな文字は……読めるなぁ」

最近は【言語学】のセンスをあまり鍛えていなかったために、詳しい情報までは読めないが、簡単な短文だけは読めた。

「えっと――『四体の怪物を倒し、封印を解き放て。さすれば、偉大なる王との謁見が叶《かな》うだろう』だって」

「まぁ、見たまんまだなぁ」

壁画には、四体の怪物と、それに対して槍《やり》や弓を差し向ける兵士たちが描かれていた。

壁画の四体の怪物と四つの燭台、そして閉ざされた部屋だ。

単純に、指定されたＭＯＢを倒すと、討伐した証《あかし》として燭台に火が灯《とも》り、全てのＭＯＢを倒すと、最後の階層への道が開けるのだろう。

一応、マミさんの火魔法や憑依したザクロの狐火《きつねび》を消えている黄金の燭台に当てるが、火が灯らないことも検証した。

「ねぇ、この壁画。砂漠横断の時に襲ってきた巨大ナマズじゃない？」

壁画のために簡略化されているが、分厚い唇と長い髭《ひげ》を持ち、砂を泳ぐ怪魚は、どう見ても俺たちが砂漠で遭遇した大型MOB――サンド・キャットフィッシュであった。

他の壁画には、下半身が炎、竜巻、砂を纏《まと》う三人の魔人、大空を舞う巨大なハヤブサ、女性の頭部と獅子《しし》の胴体、翼を持った怪物の壁画がある。

【言語学】センスのレベルが足りないのか、どこに出現するのか、弱点は何なのかなどの情報を得ることはできなかったが、壁画とこの空間の状況を見れば、直感的にギミックが分かるようになっていた。

「さて、一通り調べたけど、これ以上何にもないし、帰るか」

「はぁ……この奥には四体の中ボスを倒さなきゃ進めないのかぁ」

まぁ、砂漠エリアのランドマークであるピラミッドを真っ先に攻略できるよりも、最後に攻略できる方がらしいと言えば、らしいのかもしれない。

「それにしてもまたあの罠がある場所を戻るのかぁ……」

ミイラ兵やゲイザー、他にも数種類のMOBと遭遇したピラミッド内部を無数の罠をやり過ごしながら戻るのは、また憂鬱である。

いっそ死に戻りした方が楽だろうか、と思う中……

「そんなの一発だろ？　ガンツ！」

「はいよ、っと……」

ガンツが通路の床の一部を強く踏むと、少し先の床が開き、何度目かの落とし穴が現れる。

「このまま地下水路を通って、一気に、外に出るか！」

「はぁ……なんとなく予想できたけど、このパターンかぁ」

落とし穴の中を覗き込むと、流石に第四階層から垂直に地下水路に落とすのではなく、滑り台のように滑らかな傾斜が付いており、これで地下水路まで運ばれるようだ。

「それじゃあ、お先に！」

「あっ、待ちなさい！　私も行くわよ！」

そして、ガンツが真っ先に飛び込み、続いて、ミニッツも滑り降りていく。

更に、地下水路に流されるのに不便な鎧《よろい》をインベントリに仕舞ったケイが、マミさんと共にゆっくりと落とし穴の滑り台を降りていく。

「さて、俺たちも行くか……」

「ふぅ……よし、行くか！」

俺は、深呼吸して自分の頬《ほほ》を叩《たた》き、気合いを入れて、地下水路に通じる落とし穴に自ら飛び込んでいく。

そして、タクと共に滑り台を降りていき、水が満たされた地下水路に飛び込み、流れに身を任せる。

「あー、こうして落ち着いて流されると、ちょっと楽しいかも……」

「まだまだ残暑厳しいからな。まだギリ夏を楽しめるな！」

同じく水路の水面から顔を出した俺とタクが軽口を言い合いながら、地下水路を流されて、オアシスに放り出される。

砂漠エリアのピラミッド探索は、成果らしい成果も得られず、少し締まらない感じで終わった。

だが、たまにはこんな冒険の終わりもありなのかな、と濡《ぬ》れた服を絞りながら、オアシスの畔《ほとり》で休み、みんなと笑い合うのだった。

五章　ホバークラフトと難易度の壁

ピラミッドの行き止まりまで探索した俺たちは、次に何をするか決まらないまま、また一緒に冒険する約束をして別れた。

そして数日間、俺はソロで、オトナシとラングレイに教えてもらった川辺で砂金を採ったり、海岸近くまで行き、延々と素材を拾い集めていた。

「一人じゃ砂漠エリアを歩き回るのは厳しいから、このくらいしかできないよなぁ。おっ、プラチナが出た」

今は川辺の砂を掬《すく》い、金やプラチナの礫《つぶて》をコツコツと拾い集めている。

流石に砂漠エリアの炎天下で金やプラチナ、デザートグラスを採取し続けるだけのモチベーションが湧かないので、ついでに【炎熱耐性】のセンスを装備してレベリングする。

砂漠エリアの厳しい日射しの下でする採取作業は、【炎熱耐性】センスのレベリングになり、現在12レベルまで上がっている。

「ふぅ、プラチナの礫が87個に、デザートグラスの塊が42個かぁ……」

金の礫は大した価値にはならないし、そもそもピラミッドダンジョンに出現するミイラ兵からドロップした金のアクセサリーを溶かしてインゴットに作り直した方が効率が良かったりする。

「マギさんもプラチナとか使うだろうし、少し持っていこうかな？」

俺は、早速フレンド通信でマギさんと連絡を取る。

『ユンくん、久しぶり。前に探してた蘇生《そせい》薬の制限解除素材は見つかった？』

「サンフラワーは、見つかりましたよ。砂漠エリアにはなかったんですけど、シチフクが孤島エリアにあることを教えてくれて、種を分けてくれたんです」

久しぶりに連絡を取ったマギさんは、俺が蘇生薬の制限解除素材を探していたことを覚えていたようだ。

ちょうどその報告もできて、俺は嬉《うれ》しく思う。

『おめでとう、ユンくん！　それで今日はどうしたの？　何か用があったの？』

「実は、砂漠エリアでプラチナの礫やデザートグラスの塊って素材を集めたんで、お裾分けしようと思って」

『ホント!?　私たちも近いうちに、砂漠エリアに行こうと思ってたのよね！』

フレンド通信越しに、マギさんの気分が上がっていることが分かり、釣られて俺も嬉しくなる。

『今、クロードとリーリーも集まって、リーリーの【個人フィールド】にいるのよ。二人と一緒にいるから、ユンくんもぜひ来て！』

「生産職同士のお茶会だったんですか？　予定もないのですぐに行きます」

『ぜひ、見に来てよね！』

ニシシッと何かを企《たくら》むような忍び笑いのマギさんに、今度は何を見せてくれるんだろうと若干期待しながら、オアシスのポータルから第一の町に転移する。

そこから【リーリーの木工店】に向かえば、店員NPC《ノン・プレイヤー・キャラクター》がリーリーの【個人フィールド】に繋《つな》がる扉の前まで案内してくれる。

「マギさんたち、今度は何を作ってるのかな？」

「うわぁぁあっ、誰か止めてぇぇえっ！」

俺は、期待半分、不安半分になりながら【個人フィールド】の扉を開くと、リーリーの建造ドックから爆音が響いていた。

ブォォオォオッ——と断続的な風音が遠くからでも耳に届き、建物内に積もった木材のおがくずなどが舞い上がって入り口や窓から外に流れていき、白い煙のようにも見える。

「えっ？　なに、あれ？」

そう思った直後、造船ドックから飛び出したそれは、無人の状態で右回転しながら前進しているのが見える。

まるで、ネズミ花火のような回転を見せる何かに唖然《あぜん》としてしまう。

そして、造船ドックから飛び出した何かを追って、マギさんとクロード、リーリーたちも出てくる。

「おーい！　マギさん、クロード、リーリー！　今、本当にどういう状況なんだ？」

「ユンくん、来てくれたんだ！　お願い、あれを止めるのを手伝って！」

マギさんが俺に気付き、大きな声を張り上げるが、あの回転しながら前進する物体がどうやれば止まるのか見当が付かない。

とりあえずはマギさんたちと合流した俺も、回転を続ける謎の物体を追い掛ける。

「ユン！　なるべく機関部は傷つけないように止めるのを手伝ってくれ！」

「いや、止めるのから、更に難易度が上がってるし！　って言うか、そもそも、アレはなんだ？」

爆音を鳴らしながら回転する物体に負けないように俺も声を張り上げて尋ねると、リーリーが答えてくれる。

「ユンっち！　ホバークラフトだよ！」

「ホバークラフト⁉　これが⁉」

ホバークラフトとは、水面や地面に向けて空気を送り出して浮力を得、プロペラなどの推力で進む、水陸両用の乗り物である。

確かに、試作品らしく色々と外装などは整えられていないが、船体下部から吹き出す爆風がゴムチューブを膨らませて、船体が持ち上がっているのが見える。

また船体の後方から伸びるノズルが空気を吹き出して、推進力を得ているが、その角度が悪いために、右回転でスピンを続けながら前進しているのだ。

「それじゃあ、周囲のゴムチューブに穴を開ければ、空気が抜けて止まるんじゃないか？」

「ゴムチューブ内には常に空気が供給されているから、多少穴が開いても萎《しぼ》まない！　それに、あの船体用のゴムチューブを作るのに多大な時間が掛かったんだ！　なるべく傷つけないでくれ！」

そう言ってクロードに懇願された俺は、全く、と溜息《ためいき》を吐《つ》いて手を翳《かざ》す。

「――《ストーン・ウォール》！」

タイミングを計り、ホバークラフトの真下から突き上げるように石壁を生み出し、船体を引っかけて、斜めに傾《かし》がせる。

そうすることで船体下部から放出される空気が正しく地面に当たらなくなったために、浮力を生み出せなくなり、ホバークラフトは空気を吐き出しながらも暴走は止まる。

「よし、今のうちに止めるぞ！」

クロードが斜めになったホバークラフトに乗り込み、送り出される空気を止めて、暴走したホバークラフトは止まった。

「マギさんに誘われてきたけど、ホントに、何を作っていたんだ？」

改めて、止まったホバークラフトをリーリーの植林場で働く合成MOBたちに運ばせているのを眺めながらマギさんたちに尋ねると、クロードが振り返って答えてくれる。

「孤島エリアでゴム素材を見つけただろう？　最初は、ラバー系の防具を作ろうと思ったんだが、どうせならリーリーも巻き込んでホバークラフトを作ろうと思ってな」

「僕は、元々砂漠エリアの横断のための乗り物を作ろうとしてたから、クロっちと作ることにしたんだよ！」

元々は、ウィンドサーフィンのような乗り物で砂漠を走れるように色々と作っていたリーリーだが、クロードが加わり、ホバークラフトを作ることになったようだ。

「厚手の布にゴムを塗ったエアクッションを使い、運搬船の動力にも使った合成MOBエンジンを採用した形を取ったのだ」

「一応、空気で船体を持ち上げるために、空気の放出機関周りの金属部品の軽量化に関して、私も関わることになったのよ」

「なるほど……」

とりあえず、孤島エリアで見つかったゴム素材は、ゴムの矢やゴム弾など、俺とマギさんも使っているが、まさかここまで大きな物を作るとは思わなかった。

「これが完成すれば、たとえ砂漠エリアの時間制限があろうともプレイヤーを砂漠エリアのどこにでも運ぶことができるだろうな！」

「おー、確かに、それは凄《すご》い……」

右回転していたとは言え、あれだけの速さで大人数を運べるなら、いい移動手段ではないだろうか。

「完成したら、【ヤオヨロズ】のミカヅチっちたちにお願いして、アンフィスヴァエナを倒しにいくつもりだけど、その前にユンっちから砂漠エリアについて教えて欲しいなぁ」

そう言ってくるリーリーに俺は、頷《うなず》く。

「分かった。それじゃあ、休憩しながら色々と話すか」

そして、一度造船ドックにホバークラフトを仕舞い、クロードが用意したテーブルに俺たちは座り、砂漠エリアについて手に入れた素材を交えて語る。

——砂漠エリアがどんな環境だったのか。

——砂漠の横断途中で、一時的な協力関係を築いた友好MOBのキャラメル・キャメルとその乳を搾って手に入れた【砂漠駱駝《らくだ》のキャメルミルク】から作った飲み物。

——オトナシとラングレイに教えてもらった川辺の採取ポイントから手に入る金やプラチナの礫や砥石《といし》、ダイヤモンドなどの素材の情報。

——更に川を下った先の浜辺で手に入れたデザートグラスの塊という宝石系アイテム。

——【OSO漁業組合】のシチフクたちから貰《もら》ったサンフラワーの種と、その種を炒《い》ってチョコレートでコーティングしたチョコ菓子は、みんなで味見する。

——ピラミッドダンジョンでは、どんな敵MOBが出現し、どんなトラップがあったのかなどの経験を、手描きの地図と四階層の壁画のスクリーンショットなどを見せながら説明していく。

「へぇ、【神秘の黒鉱油《くろこうゆ》】ねぇ……新しい鍛冶の冷却油に使えないかしら」

「やっぱり砂漠エリアには、僕が使う木工系素材はないのかぁ……でも、このキャメルミルクで作った飲み物とチョコ菓子美味《おい》しいね」

「デザートグラスの蛍光色の緑は美しいな。是非とも服装を引き立てる装飾に使いたい」

マギさん、クロード、リーリーの順番で感想を口にし、テーブルに取り出したアイテムを手に取る。

そして、マギさんとクロードにはプラチナの礫《つぶて》とデザートグラスの塊、リーリーにはチョコ菓子とキャメルミルクで作ったコーヒー牛乳をお土産で渡す中、ふと、この場に取り出していないアイテムを思い出す。

「なぁ、クロード。このアイテム、要らないか？」

「ん？　なんだ？　この目玉は？」

「ピラミッドダンジョンに出現した敵ＭＯＢ・ゲイザーからドロップした【誘惑の魔眼球】って宝石アイテム」

俺が取り出したのは、沢山のミイラの手と引き換えに押しつけられた素材だ。

だが正直、ゲイザーのドロップの名前とその結晶体の禍々《まがまが》しさにあまり手元に置いておきたくないのだ。

「ほう……中々俺好みの素材じゃないか？　それで効果は？」

「装飾素材に使うとＩＮＴが上がって、ＬＵＫが下がる。ただ、持ってると呪われそうで、俺好みじゃないから、あげる」

それにこの前も砂漠エリアのため炎熱耐性装備の相談に乗ってくれたお礼のつもりだ。

「ふむ。くれると言うなら、遠慮せずに貰おう。こちらも何かを見つけたら、ユンに融通するとしよう。さて休憩したことだし、ホバークラフトの最終調整に掛かるとするか」

不気味な目玉のような宝石をインベントリに仕舞ったクロードは、席から立ち、ホバークラフトの方に向き直る。

「うん、頑張ろうね。クロっち！」

「私が手伝うことは、もうないし、後は頑張ってねぇ〜」

俺はリゥイとザクロ、それに新たに加わったイタズラ妖精のプランを召喚し、マギさんたちのパートナーのリクールや、ネシアス、クツシタたちと戯《たわむ》れながらクロードとリーリーがホバークラフトを作っていくのを眺める。

「本当は完成した物をユンくんに見せて驚かせたかったけど、変な失敗を見せちゃってごめんね」

「いや、いいですよ。確かに驚きましたけど、形になって動いているのを見るだけでも楽しいですよ」

回転しながら前進するホバークラフトを見て確かに驚いたが、逆にあそこまで完成度が高い試作品を仕上げたことにも驚きである。

そうして、進行方向を制御する機関の調整を終えたクロードとリーリーは、遂《つい》にホバークラフトの試作品を完成させる。

「マギっち、ユンっち、乗りなよ！　改めて試乗してみよう！」

「ええ、わかったわ。ユンくん、行きましょう」

「さっきの失敗を見た後だと、ちょっと怖いけど……乗ろうか」

　俺とマギさんの他にもザクロやクロードのパートナーのクツシタがホバークラフトに乗り込み、リゥイとマギさんのパートナーのリクールは、成獣化して併走できるように準備する。

「俺が操縦しよう！　それでは、行くぞ！」

　即席の座席に座り、ベルトを締め、風除《かぜよ》けもないオープン状態のホバークラフトが発進する。

　船体の真下に仕込まれた合成ＭＯＢのウィンドジェルたちが激しく風を送り、エアクッションが膨らみ、船体の位置が少し上がる。

「――はっしーん！」

　リーリーが風の音に負けない大きな声で前方を指差し、リーリーの肩に乗ったネシアスが先行して飛び立つ。

　推進力を産む後方のノズルからも風が放出されてその反作用で船体が徐々に進み、加速を始める。

「おっ、おおっ……動いた！」

「ええ、ホントね！　動いたわね」

徐々に加速するホバークラフトは、風音を響かせながらリーリーの個人フィールドの平原を疾走し始める。

ザクロは、ホバークラフトの風音の五月蝿《うるさ》さに両耳をペタッと伏せ、俺にしがみつくように尻尾を腕に絡《から》ませてくる。

クツシタの方は、ホバークラフトを制御するクロードの肩にしがみついて、風を浴びていた。

リゥイとリクール、空を飛ぶネシアスは、ホバークラフトと併走しても余裕があることから、リゥイたちの方が速く走れるのだろう。

だが、多人数のプレイヤーを一度に運べるホバークラフトは、また異なる利点のある乗り物である。

「それにしても――うるせー！」

グォォォォッと風音が大き過ぎて、隣に座るマギさんとの距離ですら声を張り上げなければならない。

「よし、旋回するぞ！」

「えっ、なに、聞こえない——うわぁっ⁉」

クロードが振り向き何か声を張り上げるが、よく聞こえず聞き返す。

その直後、大きく左に旋回し始めたホバークラフトの遠心力に体が傾く。

「おおっ⁉　ユンくん、大丈夫？」

「えっ、わっ⁉　マギさん、ごめんなさい！」

遠心力で傾いた体は、マギさんの胸元に飛び込むような形で支えられ、慌てて体勢を立て直す。

「今度は、右に回るぞ！」

「えっ？　きゃっ⁉」

そして、今度は右に回り、その遠心力でマギさんが俺に抱き付くように胸に飛び込んでくるので、それを支える。

「ユンくん、ごめんね、重かったでしょ」

「だ、大丈夫です……」

支えた時に触れたマギさんが柔らかかったなぁ、などと思い、恥ずかしさから俯《うつむ》く。

その後、ホバークラフトはリーリーの造船ドックに戻っていき、試運転を終えた。

「ふう、操縦性能は問題ないと思うが、何か意見はあるか？」

「僕は面白かったよ！　もっとスピード出したいくらい！」

リーリーとしては、ジェットコースターのような乗り物アトラクション的で面白かったのだろう。

だが、俺とマギさんとしては、イマイチだった。

「音が五月蠅すぎて、声が届かない。もう少し静かな方が良いから、ホバークラフトに【消音】の追加効果とか付けられないかな？」

耳の奥で風音が残り続けるのが気持ち悪く感じ、そう提案する。

【消音】の追加効果は、単純に音の発生を抑える追加効果であるために、斥候系プレイヤーの靴装備などに付与されることが多く、俺のマントである【夢幻の住人】にも付けられている。

「私としては、乗り心地ね。左右に旋回した時、遠心力で乗る人が左右に振り回されるのは、何とかしてほしいわ。ホバークラフトの舵《かじ》の変化幅を制限すれば、急カーブの遠心力を抑えられると思うわ」

「それくらいなら、すぐにできそうだね、クロっち」

「そうだな。とりあえず、手持ちの【消音】の強化素材を使ってみるとしよう」

俺とマギさんの意見を聞いたクロードとリーリーは、即座に改善案を実行してくれる。

俺の生産分野では直接作業には加われないが、何度かの試乗と改善案を出すことで協力して、遂に満足のいく形でホバークラフトが完成したのだった。

●

ホバークラフトが完成し、マギさんたちによるお披露目のために、俺は詳細を伏せてタクたちを呼び集めて砂漠エリアのオアシスで待っていた。

「なぁ、ユン。ここで待ってれば、マギさんたちが来るんだよな」

「ああ、さっきセイ姉《ね》ぇたちの協力で、砂漠エリアに入れたところみたい」

俺は、タクの質問に答えながら、オアシスに作った日除《ひよ》けの布の陰でマギさんたちが来るのを待っていた。

「ユンちゃんは、マギさんたちが新しく何を作ったか聞いてない？　俺にちょっと教えてくれよ」

「私も知りたいわ」

ガンツとミニッツが突発的なお披露目で何を見せられるのか、興味津々《きょうみしんしん》な様子である。

「それは、来るまで秘密だ」

唯一お披露目される物を知っている俺は、情報を漏らさないように追及を躱《かわ》し続ける。

「ユン、楽しそうな顔してるな。ニヤけてるぞ」

「えっ、嘘《うそ》っ⁉」

タクに指摘されて、慌てて顔に両手を当てる。

どうやらホバークラフトが登場した時のみんなの反応を想像して、ニヤけた表情になっていたようだ。

「ユンは、すぐに顔というか態度に出るからな。分かりやすいぞ」

そう言ってカラカラと笑われた俺は、ガクッと肩を落とす。

「ううっ……でも、何をお披露目するかこれ以上聞くなよ」

「そんな無粋なことしねぇよ。でも、ユンが楽しそうにするってことは、期待できる物だろ？」

「それは、もちろん」

俺が力強く頷《うなず》くと、オアシスの北側から砂煙が舞い上がるのが見え始めた。

「どうやら来たようだな」

静かに待っていたケイが立ち上がり、何がやってくるのか見通そうと目を細め、その隣でガンツやミニッツたちも同じように並んで見つめる。

「あれは、なんだ？　大型の使役ＭＯＢか？」

「いえ、アレは、船？　でも砂漠に船ですか？」

そして、こちらに辿《たど》り着く前に、砂漠の砂山に隠れて一瞬見失うが、その砂山を一気に跳び越え、大きく跳躍した姿を見て、全員がその正体に気付く。

「――っ⁉　ホバークラフトだと！　なんて物を作るんだ！」

「すげー、カッコイイじゃん！」

「えっ、まさかアレに乗れるの⁉　マミ、楽しみね！」

「は、はい……でも私は、ラクダさんたちも好き、ですよ」

ケイが驚愕《きょうがく》し、目を輝かせるガンツとミニッツは歓喜の声を上げている。

マミさんだけは、あんなに速い速度で走るホバークラフトに尻込みしているのか、チラチラとラクダ型ＭＯＢのキャラメル・キャメルを横目で見ている。

俺は、ガンツたちの反応を見た後、横目でタクを確かめると、少し口を開けているだけで反応がない。

「タク、どうだ？　ホバークラフト、凄《すご》いだろ」

「あはははっ、予想の何倍も上を行かれて、驚きすぎて声も出ねぇよ。流石《さすが》、生産職はスケールがちげぇなぁ」

乾いた笑い声を上げるタクに、多少は驚かせることができて満足する。

そして、程なくして砂の上を滑るように進むホバークラフトがオアシスの前に止まり、マギさんたちが降りてくる。

「みんなお待たせ！」

ホバークラフトの上でマギさんが立ち上がり、俺たちに声を掛けてくる。

ホバークラフトの運転席にはクロード。座席にはリーリー、それに砂漠エリアに入るためのボス・アンフィスヴァエナを倒すのに協力してくれたセイ姉ぇとミカヅチ、砂漠エリアに詳しい案内役のオトナシとラングレイも乗っていた。

総勢七名のプレイヤーがホバークラフトに乗り込んでいるが、それでもまだ俺たちが乗っても余裕ありそうだ。

「よし、一度休憩を取るか。まだオアシス都市のポータルに登録していない者は、ポータルの登録に行くぞ。そして、帰ってきたら、ホバークラフトの点検の後に出発だ！」

クロードがホバークラフトのエンジンを切ると、下部に放出していた空気が止まり、膨らんでいたエアクッションが萎《しぼ》んでいく。

そして、リーリーがホバークラフトから縄梯子《なわばしご》を降ろして、降りてくる。

「それじゃあ、また後でね」

タクたちと軽く挨拶を交わしたマギさんたちは、ポータルの登録のためにオアシス都市の中心に向かう。

その間に、セイ姉ぇとミカヅチたちも乗っていたホバークラフトから降りて、改めてその乗り物を見上げている。

「セイ姉ぇ、お疲れ様。どうだった、乗り心地は？」

「ユンちゃん、とても良かったわ。あの大変な砂漠エリアをこんなに楽に移動できるなんてビックリしたわ」

「初めて砂漠エリアに突入した時は、大変だったよなぁ……砂に足を取られて時間制限に追われながら進んで、何度か死に戻りしたなぁ。最終的に、セイの氷魔法の冷気のお陰で何とか越えられたんだよなぁ」

ホバークラフトに感動するセイ姉ぇに対して、ミカヅチは自分たちが砂漠横断した時のことを思い出し、しみじみと呟《つぶや》く。

トッププレイヤーのセイ姉ぇやミカヅチは、情報のないままに最前線エリアに挑んでいるために砂漠エリアでの苦しい状況を体験したのだろう。

砂漠エリアの炎熱環境と命のタイムリミットがある。

装備やセンスで【炎熱耐性】を上げたり、セイ姉ぇクラスの強力な【氷魔法】の冷気が

あれば、砂漠エリアの環境ギミックをある程度打ち消してくれるのかもしれない。

「そう言えば、嬢ちゃんたち、ピラミッドの奥まで行ったんだよな。お疲れ様」

「ああ、セイ姉ぇとミカヅチたちも挑んだことがあったのか？」

「ええ、砂漠エリアのオアシスに辿り着いて真っ先にね。一応、四種類のボスに関しては知っていたけど、他にも優先したいエリアがあったから後回しにしてたのよ」

流石、トップギルド【ヤオヨロズ】のセイ姉ぇたち、俺たちが見つけた情報を既に知っていたようだ。

だがOSOは、どんどんと新しいエリアやクエスト、コンテンツが増えているために、砂漠エリアばかりを集中して攻略してもいられない。

「今回は、クロの字たちを砂漠エリアに運ぶことを依頼されたから、ついでに砂漠エリア巡りに便乗して素材集めをする予定だ」

同行した【ヤオヨロズ】の生産職であるオトナシとラングレイを指し示しながら、運が良ければ、四種のボスのどれかと遭遇して倒したい、ともミカヅチは言っている。

そうしていると、マギさんたちが、ポータル登録ついでの休憩を終えて戻ってくる。

「それじゃあ、みんな乗り込んで！　砂漠のオベリスク巡りを始めましょう！」

リーリーが投げ下ろした縄梯子を全員が登り、ホバークラフトの座席に着く。

最初に目指すのは、東の方向にあるオベリスクの元にあるポータルだ。

そこから砂漠エリアの外周を時計回りに巡り、南、西のポータルを登録しつつ、ホバークラフトの性能を確かめるようだ。

「――出発するぞ！」

「おおっ、走り出した！」

柔らかなクッションの効いた座席と揺れた時に摑《つか》まる取っ手など、試作品を作った時より大分、座席の乗り心地が改善されていた。

そして、ゆっくりと加速を始めるホバークラフトからの眺めにガンツたちが興奮の声を上げる。

「順調そうだなぁ……」

【消音】や【認識阻害】系の追加効果などをホバークラフトに付与してあるために、さながらサファリパークの観光バスのように敵ＭＯＢに襲われずに進む。

「おっ、あの種類の敵ＭＯＢは初めて見る！」

「あれは、サボテン・リザードだな。体中が刺々《とげとげ》しい針を持った敵ＭＯＢだ」

「あっちにいるのは、ロック・スカラベね。砂を粘液で固めた岩をぶつけてくるわ」

前の座席に座るミカヅチとセイ姉ぇが俺が見た敵ＭＯＢについて説明してくれる。

体中にサボテンのようなトゲを生やした大きなトカゲが砂漠をのんびりと歩いている姿や、逆立ちしながら自身が作った球状の砂岩の塊を転がしている大きなフンコロガシなどの様々なMOBの姿を、遮光ゴーグル越しに観察して、スクリーンショットに収めていく。

「全員、取っ手を握って衝撃に備えろ！」

「えっ、ちょっと」

そして、クロードが操縦するホバークラフトが一際《ひときわ》大きな砂山を一気に駆け上がり、その勢いのまま砂山を跳び越える。

「——えっ、わぁぁぁぁぁっ！（きゃぁぁぁぁぁっ）！」

砂山を跳び越えて、一瞬地面と接しなくなった浮遊感に俺は情けない声を上げる。ホバークラフトに初めて乗るミニッツとマミさんも女の子らしく、でもミニッツは楽しげに、マミさんは本気の悲鳴を上げる。

そして、落下と共に来る衝撃を覚悟して強く目を瞑《つぶ》って備えるが、ホバークラフトのエアクッションが着地の衝撃を吸収して思ったほど揺れなかった。

「はぁはぁ……ビックリした」

「あー、面白かった！　もう一回、ジャンプない⁉」

座席の後ろを振り返ってミニッツとマミさんの様子を確かめると、興奮気味に喜ぶミニッツに抱き付くマミさんは、メガネをズラしながら硬直していた。

「マミさん、大丈夫？」

「正直、生きた心地がしませんでした。やっぱり、ラクダさんの方がいいです……」

若干、涙目になっているマミさんに、ホバークラフトは便利な道具ではあるけれど、人には好みがあるよなぁと思う。

「一応、速度的には使役ＭＯＢの移動速度でも追い付けるくらいだから、次の休憩でキャラメル・キャメルを呼び出そうか」

砂山を越えたジャンプが怖かったのか、驚くほどに怯《おび》えながら頷くマミさんを宥《なだ》めながら、ホバークラフトでの移動は進んでいく。

途中――

「おっ、あそこ、素材の採掘ポイントじゃないのか？　おーい、ここでちょっと止めてくれ！」

外を見ていたラングレイの声にホバークラフトが止まり、巨大な隕石《いんせき》の岩石地帯を見つけた俺やマギさん、オトナシとラングレイがその採掘ポイントの岩から【隕星鋼の塊】や様々な鉱物素材を採掘した。

また、ある時は――

「ああっ！　やっぱり我慢できねぇ！　ちょっと敵ＭＯＢを倒してくる！」

「お、おい、ガンツ⁉　仕方ねぇなぁ。俺も行ってくる！　後から追い掛けるから！」

東のオベリスクを目前に我慢しきれなくなったガンツが走るホバークラフトから飛び降り、タクもそれに続いていく。

「私もちょっと敵ＭＯＢを倒したいから、一度ここらで降りるわ！」

「私は、ユンちゃんと一緒にいるから行ってらっしゃい～」

それに続くミカヅチをセイ姉ぇが見送る。

「いいのか？　あれ？」

一瞬の出来事に思わず反応できずに、ぽかんとしてしまう。

そのまま進んでいくホバークラフトから振り返り、徐々に小さくなるタクたちを見つめる。

「みんな自由すぎだろ……」

「まぁまぁ、私たちが待っている間に、追いつくでしょう」

「それに東のオベリスクの周辺は、宝石の採取ポイントが多くある！　そこで時間を潰そうぜ！」

呆《あき》れる俺をマギさんが宥め、ラングレイが素材の情報を教えてくれる。

「確か、ダイヤが出るんだっけ？」

前に教えてもらったことを思い出した俺の興味は、もう新しい素材へと向く。

「ああ、って言っても結構大変だったよなぁ。オアシス都市から東のオベリスク目指して徒歩での移動。なんとかポータルの登録に成功したけど、セーフティーエリアから外れた敵ＭＯＢに即殺されたんだよなぁ」

「なんとか持ち帰った素材の中に偶然ダイヤの原石が混じってたけど、素材の採取が大変だったよねぇ」

しみじみと自分たちの実体験を話すラングレイに、オトナシが相槌《あいづち》を打つ。

だが、今は、俺たちを護衛してくれるセイ姉ぇたちがいるのだ。

まぁ、タクとガンツ、ミカヅチたちは、少しＭＯＢ狩りに出掛けているが……

「オベリスクが見えてきた！　そろそろ止まるぞー！」

クロードの声と共に前方を見れば、オベリスクはもうすぐそこであった。

「よーし！　タクくんやミカヅチさんが戻ってくるまでダイヤを探すわよ！」

そして、程なくしてオベリスクに辿《たど》り着いた俺たちは、ホバークラフトから降りて、ポータルに登録し、砂漠の採取ポイントを掘り返して、素材採取を始める。

サラサラとした砂をスコップで掘り返すと、そこから見つかるのは宝石の原石や化石、デザートグラスの塊、隕星鋼の欠片《かけら》、砂漠で亡《な》くなった生き物の骨らしき物など。

特に、話題に上がったダイヤはレアな宝石らしく明らかに原石の入手量が少なかった。

「うーん。色々な素材が手に入ったけど、ちょっと期待外れかなぁ……」

「まぁ、セーフティーエリアに近い場所は、そんなにいい物は出ないからなぁ」

ぼやく俺をラングレイが肩を竦《すく》めながら宥める中、マギさんたちも思ったほどの成果は上がらなかったようだ。

「うーん。まぁまぁの成果ねぇ。でも、効率は良くないわねぇ」

「オベリスクから離れれば、もう少し採取効率は良くなると思うよ」

「なら、また今度にしましょう。今日は、ポータルの登録が目的だからね！」

マギさんとオトナシがそんな会話をしている間に、以前タクに渡した【砂漠駱駝《らくだ》の土焼き笛】を使ったのか、キャラメル・キャメルに乗ったタクたちがＭＯＢ狩りを終えて合流してくる。

「それじゃあ、他の場所も巡りましょう！」

素材集めを終えた俺たちは、次のオベリスクを目指して移動するのだった。

ホバークラフトは、東のオベリスクから南のオベリスクを目指す。

ホバークラフトの乗り心地が合わなかったマミさんとその付き添いのケイは、キャラメル・キャメルに乗り換えて、途中でMOB狩りをしたいタクたちと共にホバークラフトと併走して進んでいく。

南のオベリスクの近くでは、波打ち際《ぎわ》や海面をホバークラフトが疾走し、途中でシチフクたち【OSO漁業組合】のガレオン船を見つけて、手を振ったりした。

その後、西のオベリスクへ向かう途中では、オアシス都市のNPCから聞いた黒い泉の燃える水――【神秘の黒鉱油】がある原油溜《だ》まりを見つけて、汲《く》み上げた。

そして、最後のポータルである西のオベリスクの登録を済ませた俺たちは、そのままオアシス都市まで戻ろうとする途中、奴《やつ》と遭遇した。

「むっ？　なんだ、あれは……」

ぼんやりとホバークラフトから目の前を流れる景色を眺めていた俺は、クロードの声に正面を向くと、砂の中にニョロニョロと揺れる細長い物を見つけ、慌てて声を上げる。

「クロード！　サンド・キャットフィッシュだ！」

「むっ⁉　クソッ！」

俺が声を上げた直後、砂から頭部を露《あら》わにした巨大ナマズが砂の中を泳ぎ、真《ま》っ直《す》ぐにこちらに向かってくる。

クロードが慌てて避《よ》けるように方向を転換しようとハンドルを切り、乗っている俺たちの体に遠心力が掛かる。

だが、乗り心地を優先するために操作感度を下げており、急な方向転換はできない。

ゆったりと大きく弧を描くように方向を変えようとしたホバークラフトの側面に巨大ナマズの頭突きを受ける。

「「「きゃぁぁぁぁぁっ――――！」」」

風の力で進むために軽量化されたホバークラフトは、巨大ナマズの頭突きを側面に受けて、大きく跳ね飛ばされる。

軽く宙に浮いたと思えば、砂漠の砂の上を横に何度か転がり、逆さになって止まる。

「ユン、みんな……大丈夫か！」

ホバークラフトに乗らずに、キャラメル・キャメルに乗って併走していたタクが俺たちに声を掛けながら、ホバークラフト内にいる俺たちを守るように巨大ナマズと対峙《たいじ》している。

「ぺっぺっ……口の中に砂が入った」

跳ね飛ばされた衝撃でHPが3割ほど削られたが、何とか逆さになったホバークラフトの下から這《は》い出し、俺も武器を構える。

そして、タクたちとミカヅチたちの複数のパーティーが巨大ナマズとの偶発的な戦闘を始めるが、共闘ペナルティーは起きていないようだ。

「複数パーティーでの討伐推奨のレイドボスだったのか」

『――BRAAAAAAAAA！』

分厚い下唇を震わせるように咆哮《ほうこう》を上げる巨大ナマズは、長い髭《ひげ》を鞭《むち》のように振るい、攻撃を仕掛けてくる。

目で追うのが困難な速さの髭の一撃が砂を打ち付け、弾《はじ》き飛ばす様子に、タクやミカヅチは、正面に近づかないように側面に回り込む。

「喰《く》らえ！　――《ソニック・エッジ》！」

「はぁあっ！　――《六連旋打》！」

二人が側面から出の早いアーツを放ち、ガンツたちもそれに続き攻撃を加えていくが――

「チッ、ダメージがほぼない。体の脂肪で防がれたか」

以前戦ったクラーケンと同じように、体の部位毎《ごと》にダメージの通りが違うのか、側面からの攻撃では厚い脂肪によってダメージを軽減されているようだ。

「ならば、俺が正面に立って引きつける！　魔法使いたちは正面から魔法による遠距離攻撃だ！」

大盾を構えたケイがたった一人で正面から巨大ナマズの鞭のような攻撃を受け止める。

だが、一撃毎にＨＰをゴリゴリと削られるケイの姿を見て、セイ姉ぇとミニッツの二人掛かりで回復魔法を掛けて戦況を維持していく。

「俺も、サポートに加わる！　《付加《エンチャント》》――ディフェンス、マインド、スピード！」

俺たちを守ってくれるケイに三重エンチャントを施し、ケイが攻撃を引きつけている間に、後衛のマミさんやクロードは魔法で、俺とマギさんは弓と銃で遠距離から加勢するが――

「正面からもダメージが殆《ほとん》ど入らねぇぞ！」

「やっぱり、口の中が弱点か……」

砂漠横断中に遭遇した時は、【ボム】や【エクスプロージョン】などの魔法を籠めたマジックジェムを巨大ナマズの口の中に投げ込んで爆破させた。

その時、どれだけのダメージを与えたか分からないが、怯《ひる》ませることはできた。

「なら、――《ゾーン・エクスプロージョン》！」

【空の目】による空間系スキルと土魔法を組み合わせた座標爆破が、半開きになっていた巨大ナマズの口腔《こうこう》内で炸裂《さくれつ》する。

『――BRAAAAAAAAA！』

体を大きく震わせて悶《もだ》えるように暴れる巨大ナマズは、体を砂漠の砂の中でもんどり打たせ、色白の腹を晒《さら》す。

「しめた！　はぁぁぁぁっ――《パワー・バスター》！」

「続くぜ！　――《鬼狩り蹴り》！」

タクとガンツの方に晒した色白な腹部に二人が攻撃を与えていくと、サンド・キャットフィッシュは、更に苦しそうな声を上げる。

HPも先ほどよりも目に見えて減っているので、腹部が弱点であることは分かった。

それでも、全体としてはごく僅かなHPしか削れていないことに絶望した。

「あっ、これは無理なやつだ。勝てないわ」

根本的に、今の俺たちのレベルで挑む敵MOBじゃないことを悟った。

「おわっ⁉　足下が、それに砂の波が！」

その直後、口腔内の爆発の怯みから復帰した巨大ナマズが砂を掻《か》くように砂漠の中に潜り、その余波で砂が波のように周囲に押し寄せ俺たちを足首まで飲み込んでいく。

「くっ、動き辛《づら》い。それに、サンド・キャットフィッシュは――どこに……」

埋もれた足を砂の中から抜き出し、砂に潜った巨大ナマズがどこから現れるのか警戒する。

そして、【看破】のセンスの反応が真下に広がっていることに気付き逃げようとしたが

――

『『きゃぁぁぁぁぁあっ――』』

「セイ、嬢ちゃんたち！」

「ユン、みんな――！」

真下からの巨大ナマズによる突き上げを受けて、砂ごと宙に放り上げられ、そして、柔らかな砂の上に落ちる。

「痛《い》てて……これじゃあ、陣形もなにもメチャクチャじゃないか……」

いくら準備していない突発的な戦闘でも、ここまで好き勝手にされるとは思わなかった。

砂の中を悠然と泳ぐ巨大ナマズは、こちらの近くで大きく弧を描くように泳いだかと思うと、今度は俺たちの背後に姿を現す。

「――撤退！　俺たちが時間を稼ぐからその間に逃げろ！」

タクが、撤退の指示を出すと共に、【砂漠駱駝の土焼き笛】を目一杯吹く。

『『ヴォォォォォォッ――』』

その笛の音に呼応するようにキャラメル・キャメルたちが集まってくる。

また状況的に判断したのか、召喚石のリゥイが勝手に飛び出し、俺を乗せてオアシス都市に向かって駆け出す。

「リゥイ!?　それに、タクたちはどうするんだ!?」

「良いから行け！　すぐに追いつく！」

マギさんもパートナーのリクールに乗り、クロードやリーリーたち生産職の面々やセイ姉ぇ、ミニッツ、マミさんたち後衛の面々はキャラメル・キャメルの背に乗って、撤退を決める。

残ったのは、タク、ガンツ、ケイ、ミカヅチの前衛メンバーだ。

『――BRAAAAAAAAAA！』

巨大ナマズが咆哮を上げているのを聞きながら、オアシスに向けて撤退する。

「まさか、あんなに強いとは思わなかった……」

騎乗MOBなどの逃走手段があれば逃げるのは難しくはないが、それでもこちらの攻撃がまともに通らなかった。

「今の俺たちじゃ、絶対に勝てない相手だよなぁ……」

今までも何度も遭遇したり、聞いて来た難易度の壁だ。

隣り合うエリアなのに、敵MOBやボスの強さが急激に上がる現象である。

難易度を急激に上げることで、プレイヤーたちによる力押しの攻略を妨げ、別の手段や方向に目を向けさせる方法である。

「それよりタクたちは、大丈夫かなぁ？」

リゥイの背に乗って走り続け、オアシスに戻ってくると、巨大ナマズを食い止めていたはずのタクたちが待っていた。

「アハハハッ……負けて死に戻りしちまった」

「タク……全く、追いつくとか言って、なに先回りしてるんだよ」

元々、明らかに適正難易度よりも高いレイドボス相手に、残ったタクたちは勝てるなんて思っていなかったらしい。

俺たちが撤退した後、新たなキャラメル・キャメルを呼び出して逃げ出す余裕もないために、あの場に残った四人が死に戻りしてオアシスで待っていたようだ。

「だって仕方がないだろ？　あの巨大ナマズにまともにダメージが与えられない中、貴重な【蘇生薬《そせい》・改】を使ってダラダラと戦闘し続けても勿体《もったい》ないだろ」

「そういう合理的な判断は、流石《さすが》だよな」

サンド・キャットフィッシュ自身がかなり強く、俺たちの攻撃が通じない。

そのためにタクたちは、俺たちが逃げ出せたのを確認して早々に死に戻りしたようだ。

そうすれば、武器や防具の耐久度の消耗や回復アイテムの消費を抑えられる。

「俺たちが弱いとは思わないけど、まだ巨大ナマズを倒せないってのが分かっただけ収穫だな」

「そうなると、他の壁画に描かれたボスたちも同格だろうから、やっぱり無理だろうなぁ……」

タクのぼやきに俺がそう相槌《あいづち》を打つと、他のみんなも同意するように頷《うなず》き、セイ姉ぇは仕方がないと苦笑を浮かべている。

「けど、どうするかなぁ……次は何に挑むか……」

壁画の四種のボスには勝てないだろうが、まだまだ砂漠エリアには楽しめる要素があるかもしれない。

「そう言えば……これだけの人数がいるなら、あのクエストが受けられるかもな」

「ミカヅチ、あのクエストってまさか、あれ?」

ポツリと呟《つぶや》くミカヅチに、セイ姉ぇが聞き返す。

二人だけに通じる会話に、俺たちが首を傾《かし》げているのに気付いたセイ姉ぇは、みんなにも分かるように説明してくれる。

「実は、前に私たちがオアシス都市を探索した時、受けられなかったクエストがあったのよ」

そう前置きしてセイ姉ぇが語るのは、とあるＮＰＣの男性の話だ。

大通りのお店の一つにいるＮＰＣなのだが、プレイヤーに対してアイテムを売るわけでもなく、はぁと深い溜息《ためいき》ばかり吐《つ》いているそうだ。

どうして溜息を吐くのか、困っていることはないか、などと尋ねるが、一向に理由を語ってくれないそうだ。

「ただ一つだけ――『もう少し人数が多ければ』としか言わなかったんだ。オアシス都市に到達した当時は人数が少なかったけど、今なら話が聞けそうだと思ってな」

セイ姉ぇから説明を引き継いだミカヅチが、そう提案してくる。

今この場にいるのは十三人なので、二パーティー以上が条件なら一応クエストの詳細は聞けるだろう。

逆にこれでも話を聞けないならば、二パーティーでも足りないということが分かる。

「私たちも今日は、ホバークラフトの試運転と砂漠エリアのポータル登録に協力してもらったから、確認するくらい手伝うわ。みんなも良いわよね！」

持ちつ持たれつであるために協力を引き受けるマギさんは、他のみんなにも尋ねる。

ホバークラフトのお披露目などでお世話になったマギさんたちの他にも、俺たちはみんな、セイ姉ぇとミカヅチたちに色々と助けられたりしているのだ。

「俺もクエストについて知りたいから協力するよ。まぁ、クエストを受けるかどうかはその後で相談だけどな」

俺たちの思いをタクが代弁して、そう伝える。

そして、俺たちはセイ姉ぇとミカヅチの案内で、件《くだん》のクエストNPCのいる場所まで移動する。

そこには、頭の上に小さな帽子をちょこんと載せて、口髭《くちひげ》を生やした恰幅《かっぷく》のいい男性NPCが溜息を吐いて座っていた。

だが、俺たちが近づくとこちらに気がつき、溜息を吐き出すのを止《や》めて話し掛けてくる。

「あなた方は、腕に覚えはありませんか？　ぜひ、お願いしたいことがあるのです！」

「よし、クエストの条件はやっぱり人数だったか！」

初めて手応えのある反応をくれたNPCにミカヅチが小さく拳を作って喜び、セイ姉ぇも控えながら嬉《うれ》しそうに微笑《ほほえ》む。

その一方で、恰幅のいい男性――交易商と名乗るＮＰＣは、話を続ける。

「私は、オアシスの女王に雇われた交易商です。いつもは三十人ほどで砂漠を越えて荒野の先の街まで交易品を運ぶのですが、馴染《なじ》みの護衛たちが怪我《けが》をしてしまい、代わりの護衛を探していたのです。ぜひ、キャラバンの護衛を引き受けては下さいませんか？」

「なるほどなぁ。護衛クエストだったか……。こりゃ確かに人数が必要だなぁ」

なぜ、前回はクエストを受けられなかったのか納得したミカヅチは、楽しげな笑みを浮かべている。

そして、三十人ほどということは、それがクエストの参加上限人数なのだろう。

「クエストの条件も分かったし、折角ならこのメンバーでクエスト受けてみないか？」

そして、俺たちに振り返ったミカヅチがそう提案してくるので、俺は隣のタクの意見を聞く。

「どうする？　俺は別にどっちでもいいけど……」

俺の当初の目的である【サンフラワー】の入手は済んでおり、今日も砂漠エリアの複数のポータルを登録することができたのだ。

今度は、タクやセイ姉ぇ、ミカヅチたちに付き合ってもいいと思っている。

「そうだな。みんなはどう思う？」

俺に話を振られて、ガンツたちにも意見を聞くタクだが、その表情は楽しげに笑っているのが見て取れるので、みんな苦笑いしつつ頷く。

「いいんじゃないか？　それにオアシス都市に到達するのは難しい上に、十二人以上のプレイヤーを集めるのは難しいだろう」

ケイの言うとおり、今回の機会を逃せば、次にこのクエストを受けられるのはずっと先になるかもしれない。

「私たちも興味があるから、挑戦したいわね！」

「俺たちもギルマスたちの望みを叶《かな》えるために数合わせで参加するよ」

生産職のマギさんたちとギルド【ヤオヨロズ】のラングレイたちも参加の意思を示す。

だけど――

「まぁ、クエスト開始できるのは、俺たちのデスペナが解除されてからになるんだけどな」

あっけらかんと言い放つガンツの言葉に、周りから苦笑が零《こぼ》れる。

俺たちを逃がすためにサンド・キャットフィッシュと戦って死に戻りしたタク、ガンツ、ケイ、ミカヅチの四人には、まだデスペナルティーが掛かっている。

「それなら、デスペナが解除されるまで休憩するか！　一旦、解散だ！」

今すぐにはクエストを始められないために、一度解散してオアシス都市を探索したり、拠点に戻ったりして準備を整える時間が生まれる。

そこでふと俺は、セイ姉ぇとマギさんたちを呼び止める。

「セイ姉ぇ、マギさん……ちょっといいかな？　相談したいんだけど……」

「どうしたの、ユンちゃん？」

「なにかお姉さんたちにお願いでもあるの？」

「えっと……クエストの参加人数には空きがあるよな」

俺が呼びたいパーティーがいることを伝えると、セイ姉ぇとマギさんも賛成してくれる。

「いいと思うわ。でも、あの子たちは確かまだ、オアシス都市までポータルを登録してなかったと思うけど……」

「それなら、私たちがタクくんたちのデスペナが解除されるまでに、ホバークラフトでオアシス都市まで運んでみせるわ！　ホバークラフトは動かせるわよね、クロード！」

「ああ、突撃を受けて横転したが、元々が軽く丈夫に作られているから問題ない」

力強く参加の後押しをしてくれたセイ姉ぇとマギさん、それにクロードの言葉を受けて、俺はこのクエストで呼びたいパーティーにフレンド通信を送るのだった。

六章　キャラバンと護衛クエスト

タクたちのデスペナルティーが解除され、俺たちはクエストＮＰＣ《ノン・プレイヤー・キャラクター》の交易商の前で再集合する。

「そろそろ時間になったけど、全員いるか？」

ミカヅチが全員の点呼を取るために尋ねると、互いに顔を見合わせて人数を確かめる。

「ミカヅチさん！　マギさんたちがいないぞ！」

ラングレイがそう声を上げる通り、約束の集合時間になってもマギさんとクロード、リーリーの三人が戻ってきていないのだ。

「あー、ドタキャンじゃないよな。クエスト発生には十二人以上が必要なのに三人も欠けたら受けられないし、どうする？　今回は諦めて解散するか？」

「三人とも、もう少しで到着するみたいだから待ちましょう」

フレンド通信で連絡を受けたセイ姉《ね》ぇがミカヅチにそう伝えると、それじゃあ待つか、と建物の壁に背中を預けて三人の到着を待つ。

俺は、まだ来ないのかと通りを忙《せわ》しなく見回す中、遠くからこちらにやってくる姿を見つける。

「――セイお姉ちゃん、ユンお姉ちゃん！」

「よかった。ちゃんと時間通り来れたんだ……うわっ⁉」

少しホッとする俺に、駆けてくる勢いのままミュウが抱き付いてくる。

そして、その後ろからルカートたちが追いつき、俺とセイ姉ぇに頭を下げてくる。

「今日は、砂漠エリアのクエストにお誘い頂き、ありがとうございます」

「なぁ、セイ。まさか、ミュウちゃんたちもクエストに呼んだのか？」

話を聞かされていなかったミカヅチがセイ姉ぇに尋ねると、イタズラっぽい笑みを浮かべて答える。

「ユンちゃんが、ミュウちゃんたちも呼んだらどうかって提案してくれて、マギちゃんたちに協力してもらってホバークラフトで連れてきてもらったのよ。驚いた？」

「……あの、突然で迷惑だったでしょうか？」

クエスト受注者のミカヅチに黙って参加者を増やしたことに気付き、トウトビが恐る恐る尋ねるが、ミカヅチはふっと笑みを零す。

「なんだかんだで見知ったメンバーが勢揃《せいぞろ》いだけど、むしろ大歓迎だ！」

急遽《きゅうきょ》飛び入り参加したミュウたちを、ミカヅチだけではなくタクたちも歓迎している。

オトナシの雰囲気は変わらないが、その隣のラングレイは生産職の比率が多かったクエストメンバーに戦闘プレイヤーが一気に加わったことに安堵《あんど》している。

そして、俺に抱き付くミュウはと言えば――

「ユンお姉ちゃん、呼んでくれてありがとう！　ちゃんと覚えていてくれたんだ！」

いつかの【アトリエール】に愚痴を言いに来た時のことを言っているのだろう。

「別に、覚えていたわけじゃないって……って言うか、暑苦しいから離れろ～！」

俺は、それを指摘されて恥ずかしさから顔を背け、身を捩《よじ》るようにしてミュウの抱き付きを外そうとする。

そんな俺とミュウのやり取りをみんなが微笑ましそうに見つめる。

「ふふふっ、いいですねぇ。素敵な姉妹愛ですねぇ」

「リレイ、ユンさんの気遣いとミュウの普通のスキンシップを穢《けが》れた目で見たらあかんって」

そんな中、恍惚《こうこつ》とした表情で見つめてくるリレイとそんなリレイにツッコミを入れるコハクに、相変わらずだなと苦笑いが零れてしまう。

「ミカヅチ。彼女たちには、ここに来るまでにクエストの概要は軽く説明しておいた」

「あとは、このメンバーで改めて細かな役割を決めようか！」

クロードとリーリーの言うとおり、交易商ＮＰＣと交易品を積んだ馬車を守るための配置や役割を考えなければならない。

その結果――

「ユンお姉ちゃん、マギさん、一緒に頑張ろうね！」

「ミュウちゃんと一緒のグループね。頑張ろうか！」

セイ姉ぇやミニッツ、マミさん、コハク、リレイ、クロードたち魔法使いは、遠距離から敵ＭＯＢを迎撃する固定砲台の役割。

また前衛寄りな戦闘スタイルのリーリーが、補助の役割として後衛グループに入る。

タクやミカヅチたち近接プレイヤーが馬車を囲んで、近づく敵ＭＯＢの撃退。

そして俺とマギさんは使役ＭＯＢのリゥイとリクールの機動力の高さを、ミュウは高レベルな近接と魔法スキルの両方を生かして、自由戦力として遊撃ポジションが与えられた。

「ううっ、俺は後衛のポジションが良かったなぁ……」

「それじゃあ、クエストを始めるぞー！」

大体の段取りが付いたところでミカヅチがクエストＮＰＣの交易商に話し掛けてクエストを起こす。

「おお、キャラバンの護衛を引き受けてくれるのですか！　それでは、今から準備いたしますね」

そうして交易商NPCは、店の裏手から二頭立ての荷馬車に乗って戻ってくる。

栗色《くりいろ》で毛並みが良さそうな二頭の馬たちは、不安定な砂の上を走っているために脚の筋肉が発達している。

しなやかな美しさのある一角獣《ユニコーン》のリゥイとは異なり、砂漠を走破する力強さを感じる。

そんな二頭の馬に牽《ひ》かれる荷馬車は、二階建てになっている。

馬車の一階部分には交易品が積み込まれており、二階部分は手摺《てす》りが付いた吹き抜けになっていた。

「さぁ、魔法や弓を使える方は、馬車の二階に登って下さい。他の方々は、馬車に付いて来て下さいね」

馬車の二階部分に登っていくセイ姉ぇたち。どうやら馬車の上から攻撃しやすい作りになっているらしい。

「それじゃあ、馬車に追い付けるようにキャラメル・キャメルを呼ぶぞー！」

そして、移動する馬車に置いて行かれないように、タクは【砂漠駱駝《らくだ》の土焼《つちや》き笛】を吹いて砂漠移動の足となるキャラメル・キャメルたちを呼び出す。

「わぁぁっ、ラクダだぁ！　睫毛《まつげ》長ーい！　ユンお姉ちゃん、この子たち何を食べるの？」

とぼけた表情のキャラメル・キャメルを気に入ったミュウは、集まってきたラクダの背中に易々《やすやす》と乗る。

同様のエリア限定の騎乗ＭＯＢである【恐竜平原】のヴェローラプトルで慣れているのか、扱いには問題なさそうだ。

「……可愛《かわい》い、ですね。背中、いいですか？　ありがとうございます」

そんなとぼけた表情のキャラメル・キャメルに対して、丁寧な対応をして背中に乗せて貰《もら》ったトウトビは、それに感動しているのか、控えめだが嬉《うれ》しそうにしている。

「さぁ、ユンくん。私たちも準備しましょう」

「そうですね、リゥイ――《召喚》！」

「リクール――《召喚》！」

俺とマギさんも使役ＭＯＢのリゥイとリクールを召喚して、その背に乗り、武器を取り出す。

「それじゃあ、準備ができましたら、行きますよ！」

そして、二頭の馬に牽かれた馬車が動き始め、その周りを騎乗ＭＯＢに乗った俺たちが守りながら併走する。

「それにしてもあの状態で砂の上でも牽ける馬車って、ファンタジーだよなぁ。そもそも馬車一台なのに、キャラバンって……」

大量の荷物を積んで更にその上にセイ姉ぇたちが乗っているのに、馬車の車輪は砂漠の砂に沈むことなく進んでいるのを見て、不思議だなぁと思う。

そうこうする内に早速、馬車を狙う敵ＭＯＢが集まってきたようだ。

「みんな！　三時と九時の方向から敵ＭＯＢの集団がやってきたよ！」

「さぁ、早速お出ましだ！　さっさと敵を返り討ちにするぞ！」

馬車の二階に乗ったリーリーが片目を瞑《つぶ》りながら警戒の声を上げ、セイ姉ぇたちが魔法の準備を始める。

そして、集まってきたのは、鈍色《にびいろ》の外殻を持つ大型犬ほどのアリ型ＭＯＢだ。

鋭い顎を開閉させて威嚇してくるが、動き自体はそれほど速くない。

馬車に接近するアリ型ＭＯＢが見えた段階で、ミカヅチが号令を下し、馬車の上から魔法が放たれる。

それを合図にタクとミカヅチたちは、キャラメル・キャメルを駆けさせ、アリ型ＭＯＢたちを斬り捨てていく。

「次は、二時と七時の方角からだよ！」

「了解――《魔弓技《まきゅうぎ》・幻影《げんえい》の矢》！」

「さぁ、ドンドン行くよ。――《ソル・レイ》！」

「私もやるわよ。はぁぁぁっ！」

次の接近方向を聞いた俺たちも七時の方向から迫る砂漠のアリたちに攻撃を加えていく。

俺とミュウは騎乗ＭＯＢに乗りながら遠距離攻撃を繰り返し、マギさんは駆け出したリクールの勢いが乗った戦斧《せんぷ》を振り回して、迫る砂漠のアリたちを倒していく。

この砂漠のアリたちは護衛クエスト用の敵ＭＯＢらしく、倒してもドロップアイテムなどは落とさないが、一撃で倒せる爽快感がある。

次々と湧き出るように砂の中から現れるアリ軍団を知らせるリーリーの声を聞きながら、その発見速度に舌を巻く。

【看破】のセンスを持っている俺やトウトビよりも早い索敵なのだ。

「リーリーの発見、凄《すご》い早いなぁ。でも、リーリーのセンス構成でどうやって索敵してるんだ？」

矢を放ってアリ軍団を撃退しながら、リーリーの見落としがないか俺も警戒を続ける中、マギさんがリーリーの索敵の秘密を教えてくれる。

「ユンくん、ユンくん。あれよ」

マギさんが指先を空に向けると、上空で何かが旋回しているのが見える。

それが何か目を凝らせば、美しい朱色の鳥が俺たちの頭上を飛び回っていたのだ。

「あっ、ネシアス？」

「マギさん。もしかしてリーリーくん、《サイトリンク》を使ってるんですか？」

「ミュウちゃん、正解よ！」

俺より先にリーリーの索敵の秘密に気付いたミュウが尋ねれば、マギさんは満足げな笑みで頷《うなず》く。

《サイトリンク》とは、鳥系の使役ＭＯＢが習得できる視覚共有スキルらしい。

不死鳥のネシアスが上空から見た景色をリーリーも見て、それを周囲に伝えているのだ。

「へぇ、そうだったんだ」

だから、戦闘には積極的に参加せずに、補助役として後衛グループに振り分けられたのだろう。

そして、大量のアリ軍団を退けること15分以上、ようやく襲撃が収まった。

「第一ウェーブが終わったから、今のうちに、ＭＰの回復をしておけ！」

タクの指示を受けてＭＰポットを飲んで回復しながら、次の襲撃に備える。

最初の襲撃は、あくまでクエストの雰囲気を摑《つか》むためのチュートリアル的なもので、ここからドンドンと襲撃の勢いが増してくるのだろう。

少しだけ緊張し始める俺に、ミュウが声を掛けてくる。

「それにしてもユンお姉ちゃんとマギさん、騎乗MOBに乗っての戦闘が凄い上手《うま》いよね！　格好よかったよ！」

「そうか？　あんまり気にしてなかったけど……」

「ミュウちゃん、ありがとう。私とユンくんは、妨害ありの騎乗MOBレースとかで多少は慣れてるからね」

にこやかな笑みを浮かべるマギさんは、慣れている理由を説明する。

その後、10分ほどのインターバルを挟み、襲撃が再開される。

「今度は、左右四方向から……えっと……新しいタイプのアリが出てきたよ！」

早速、上空からの索敵の様子を伝えてくるリーリーの言葉に、俺たちは構える。

後方から馬車に迫るアリ軍団は、最初の襲撃の時に出てきた奴《やつ》らと同じである。

だが、斜め前方の砂丘の上に待ち構えている敵MOBは、今までと違うタイプのアリ型MOBだった。

「遠距離型よ！　全員、防御態勢！　──《アイス・ウォール》！」

砂漠の上に氷壁が生まれ、それに合わせて各々《おのおの》が防御魔法を展開する。

その直後、砂丘の上から顎を開閉させたアリたちが口から黄色い酸を放ってくる。

「酸弾は避《よ》けろよ！　触れるとダメージ受けるぞ！」

「こんな走ってる状況で一度に多く要求するなぁ！」

酸弾が馬車や俺たち目掛けて降り注ぎ、回避や防御魔法によって防がれる。

だが、防がれた酸弾が砂漠に落ちれば、落ちた場所をジュゥゥッと溶かし、白い煙を上げている。

「ダメージ床になった⁉　避けるの面倒だな……うわっ⁉」

前方は、頭上や酸が落ちた足元を注意して避け、後方は迫るアリ軍団を倒していかなければならない。

しかも、酸の地面でダメージを受けるのは、プレイヤーではなく地面を走る騎乗ＭＯＢであり、ダメージを受けることで走る速度が落ちれば、対応速度も下がる。

一度にやることが増えすぎて、頭の中が小さなパニック状態に陥りそうになる。

「えっと、まずは何からやればいいんだ⁉　遠距離型を倒すか⁉　それとも後方のアリを纏《まと》めて吹っ飛ばす⁉」

「ユンくん、落ち着いて！　まずは、地形無効よ！」

「はっ、そうだ！　――《ゾーン・ライトウェイト》！」

俺は、リゥイとリクール、そして、ミュウの騎乗するキャラメル・キャメルに対して、軽量化の魔法を使う。

これにより地形効果を無効化できるので、酸弾でダメージ床化した場所を無視して走り抜けることができる。

「次は、厄介なあっちだ！　――《魔弓技・幻影の矢》！」

「私も行くよ！　――《サンライト・シャワー》！」

俺とミュウが砂丘の上にいる酸弾を吐くアリたちに狙いを定める。

分裂する魔法の矢が酸弾アリたちを射貫《いぬ》いていき、ミュウが掲げた手を振り下ろせば、丘の上にいる酸弾アリたちが、降り注ぐ強烈な光によって焼かれて、光の粒子となって消える。

馬車の二階に乗るセイ姉ぇたちも反撃の魔法を放ち、遠距離攻撃の酸弾アリたちが薙《な》ぎ払われていく。

「どうだった、ユンお姉ちゃん？　前よりも威力増してるんだよ！」

その光景にミュウがドヤ顔で振り返るが、馬車への襲撃はまだ第二ウェーブに入ったばかりだ。

「次は——飛翔《ひしょう》型が来たぞ！」

「魔法使いたちは、弾幕張って打ち落として！　——《アクア・バレット》一斉掃射！」

「遠距離の次は、立体的な接近か！　俺たちは無理だから、ノーマルのアリを相手にする！」

「ちょ、タク、みんな⁉」

遠距離の酸弾タイプだけではなく、羽で飛んで一気に馬車に取り付こうとする強襲型のアリまで現れたのだ。

そのために武器や攻撃のリーチ差から相性が悪いガンツとトウトビ、ラングレイは、通常のアリ軍団を相手にするために後方に移動し、その代わりに遠距離攻撃を持つ俺たち遊撃グループが強襲型の相手をすることになる。

「ああ、落ちろ！　——《弓技・疾風一陣《はやていちじん》》！」

風圧を伴う弓技を上空に放ち、密集する羽アリたちを打ち落としていき、マギさんは戦斧から遠距離武器のショットガンに切り替えて、片手で散弾をぶっ放している。

「はぁぁぁっ——《コンセンサス・レイ》！」

ミュウは、複数の収束光線が寄り集まった極大光線を横薙ぎに放って飛んでくるアリたちを一掃していく。

そうして、アリ軍団の飽和攻撃に圧倒されながらも、なんとか第二ウェーブをやり過ごすことができた。

●

第二ウェーブのアリ軍団の襲撃が終わり、まだなんとか馬車を守ることができていた。

「あー、楽しかった！　次は、どんな襲撃パターンがあるのかな？」

ミユウは、一撃で倒れるアリ軍団を魔法で一気に倒す爽快感を覚え、まだまだ元気が満ち溢《あふ》れている。

「ふぅ、なんとか乗り切れた。これくらいの襲撃なら、護衛クエストは達成できそうかな？」

一方の俺は、次々と現れるアリ軍団を倒す爽快感よりも、とりあえず一つの山場を越えた安堵《あんど》感の方が強い。

護衛クエストの敵ＭＯＢは、プレイヤーより護衛対象の馬車を優先的に狙い、攻撃を与えた際に馬車の耐久度が減り徐々に壊れていくように、攻撃力が抑え目になっているようだ。

そのために護衛クエストの性質上、プレイヤーが受けるダメージは低く、希少な【蘇生《そせい》薬・改】を使う機会がなさそうでよかった。

そんなこれまでの襲撃と共に通ってきた道程を振り返れば、オアシス都市の方向には逆さピラミッドの蜃気楼《しんきろう》が見え、砂漠エリアを大分進んだことが分かる。

他のみんなも次の襲撃に備えて、強化丸薬《ブースト・タブレット》やクールドリンクなどを飲んで、強化効果の掛け直しをしている。

それほどまでに今回の馬車の護衛クエストは、拘束時間が長いのだ。

「みんな！　第三ウェーブが来たよ！　って、うわっ⁉　シアっち避けて！」

そして、二度目のインターバルが終わると共に、リーリーが片目を押さえながら慌てた声を上げる。

上空から偵察していた不死鳥のネシアスに向かって石弾が投げられており、それを避けていたのだ。

その石弾の投げられた先を辿《たど》っていくと、砂山の向こうから投げられているのが見えた。

「みんな、ごめん！　シアっちの回避で視界がブレるからさっきと同じようには索敵できないかも！」

「全員聞いたか！　索敵のネシアスが狙われた！　各々でも索敵を怠るなよ！」

ミカヅチが全員に警戒を促した後、砂山の向こうから馬の嘶《いなな》きと雄叫《おたけ》びが響いてくる。

『『『オォォォォォォッ――』』』

現れたのは、馬に乗る盗賊NPCたちだった。

頭にターバンを巻き、手にはシミターのような曲剣や石弾を放った投石紐《ひも》などを持って振り回しながら雄叫びを上げる盗賊NPCたちは、乗っていた馬を一気に駆けさせて近づいてくる。

馬車の御者台から振り返った交易商NPCは、盗賊NPCたちを確認して声を上げる。

「アレは!?　この辺りを荒らす盗賊団です！　このままでは捕まってしまいますので、今は全力で逃げますよ！　――ハイヨー！」

『『『きゃぁぁぁぁぁっ――！』』』

馬に鞭《むち》を打ち馬車の速度を上げると、その速度に護衛する俺たちの方が驚き、馬車の二階に乗るセイ姉ぇたちも突然の加速に悲鳴を上げる。

「全員、モタモタするなよ！　馬車に置いて行かれるぞ！」

「っ!?　《付　加《エンチャント》》――スピード！」

タクの一言にハッとさせられた俺は、慌ててリゥイにエンチャントを掛けて、速度を上げて追い掛ける。

「うぉっ、アブねぇ！　――《弓技・疾風一陣》！」

接近して俺と併走する盗賊NPCは、馬に乗りながら曲剣を振り回すので、俺は上体を反らしてギリギリ避ける。

反射的に至近距離からアーツを放ち、その衝撃で盗賊NPCが馬の上から落ちる。

「ユンお姉ちゃん、ナイス反撃！」

「騎乗MOBレースの経験が生きて良かった！」

俺が、弓を構えて盗賊NPCたちを射貫いていけば、相手は矢を受けることで追跡速度を鈍らせ、一定のダメージを与えると馬から落ちて脱落する。

「はぁあっ！　邪魔だぁ！　――《雷炎爆打《らいえんばくだ》》！」

「喰《く》らぇぇっ！　――《ソニック・エッジ》！」

騎乗MOBに乗るタクたちは、併走する盗賊NPCと武器を打ち合わせ、アーツを放っている。

だが、不安定な騎乗MOBに乗りながらであるため、攻撃を受け流しやすい曲剣持ちの盗賊NPCを相手にタクたちは苦戦を強いられている。

「はぁあっ！　――《虎狼砲《ころう》》！　っ⁉　痛《い》ってぇぇぇえっ！　頭割れる⁉」

「――《ネックハン……きゃっ⁉」

特にリーチの短いガンツとトウトビは、そのリーチ差を補うためにアーツを主軸に攻撃していた。

そのためアーツ後の硬直時間で不安定な体勢でいるところを曲剣で突かれ、投石紐から放たれた石弾を受けた衝撃でキャラメル・キャメルから落とされてしまうのだ。

「ちょ、俺まで巻き添えかよ⁉」

そして、砂漠に突き落とされたガンツとトウトビの後方を走っていたラングレイが、二人を避けるためにキャラメル・キャメルを無理に操ろうとして振り落とされてしまう。

「ガンツ、ラングレイ！」

「トビちゃん！」

「いいところねぇぇぇっ！　絶対に追い付くから俺たちのことは気にするな！」

側頭部に投石紐から放たれた石弾を受けて砂漠の砂地に転がったガンツは、受け身を取っており真っ先に起き上がる。

乗っていたキャラメル・キャメルたちに逃げられ、俺たちとの距離がどんどんと離れていく中、ガンツは追い付くことを大きな声で伝えてきた。

走る護衛対象の馬車を守り続けるために、俺たちも止まることができない。

脱落したガンツたちを待って合流することもできずに、刻一刻と状況が進んでいく護衛クエストの難しさを感じる。

「はぁぁぁっ！　うん、こういう場合には、戦斧《せんぷ》が良いわね！」

「長さがあれば、突き崩しやすいみたいだな！」

「今回の襲撃は、ボクとの相性が良いかも！　トビちゃんの分まで頑張るよ！」

マギさんとミカヅチ、ヒノは、それぞれ重量があったり、リーチの長い武器を使っているので、接近する盗賊ＮＰＣの受け流しを崩したり、優位な距離感から突き落としていく。

その無双する爽快感が気持ちが良いのか、三人は嬉々《きき》として盗賊ＮＰＣを馬上から突き落としている。

「セイ姉ぇ！　左から攻撃が来るよ！　防御態勢！」

ネシアスによる上空からの索敵が頼れないために、俺の【看破】のセンスの反応に従い、警戒の声を上げる。

爆走する馬車の二階にいるセイ姉ぇたち魔法使い組は、最初は急に速度を上げた馬車の激しい揺れに悲鳴を上げて堪《こら》えていたが、徐々に慣れていき、手摺《てす》りに摑《つか》まりながら体勢を立て直す。

「え、ええっ！　――《ウォーター・ラウンド》！」

セイ姉ぇは、水盾《みずたて》の防御魔法をなんとか発動させる。

だが、速度の出ている馬車では、防御魔法を展開しても盗賊たちが投げる石弾に正確に合わせることができず、防ぎ損ねた石弾が馬車の荷台にガツンとぶつかり傷を付ける。

また、反撃のためにミニッツたちが魔法を発動させても、狙いがズレて砂漠の砂が爆《は》ぜる。

「ううっ、激しく揺れすぎて、なんだか気持ち悪くなってきました」

「マミ！　まだ耐えるのよ！　ここで女の子としての尊厳は守らなきゃ！」

激しい揺れで気持ち悪くなったのか、マミさんの顔色が悪く、その背をミニッツが擦《さす》りながらも防御魔法だけは維持している。

思わぬところで、マミさんが事実上の離脱になってしまった。

そんな中で器用さのＤＥＸが高い生産職のクロードだけが、激しく揺れる馬車の上からでも魔法を次々と命中させていく。

「フハハハハッ！　今こそ、俺の独壇場だ！　さぁ、早々に諦めるがいい！」

「当たらないなら……弾幕で制圧するだけね。――《アクア・バレット》一斉掃射！」

クロードの的確な魔法の射撃で右側面の遠距離盗賊たちが脱落し、左側面のセイ姉ぇが命中率が下がる中で大量の弾幕を用意して撃退していく。

「ああ、もう、あと何人倒せば終わるんだよ、今回の襲撃は!?」

最初は全力で馬車を追い掛ける盗賊NPCを打ち倒す爽快感が楽しかったが、一向に数が減らず終わりの見えない状況に、ミュウを始め、段々とうんざりしてきた。

「ひー、ふー、みー……うう、視界が振り回されて気持ち悪い……でも、全部で三十人の盗賊が追い掛けているよ！」

回避を続けるネシアスの視界越しに索敵を続けるリーリーは、情報を伝えてくる。

「リーリー！　三十人の盗賊が追い掛けてくるって、残り三十人なのか⁉」

「違うよ、ユンっち！　一人減ったら、少しして新しい盗賊が来るんだよ！　だから、ずっと三十人で追って来ているんだよ！」

俺とリーリーのやり取りに、タクは、そういうことかと呟《つぶや》き、今回の襲撃ウェーブを理解して声を張り上げる。

「全員聞け、これは一定時間耐えるタイプのやつだ！　馬車が逃げ切るまでやり過ごせ！」

アリの軍団の襲撃ウェーブは、一定の時間をやり過ごすのは同じだが、MOBの出現パターンや数などは決まっているので、極論的に全滅させることができる。

だが、盗賊NPCの場合、この襲撃ウェーブが終わるまでは一定の数を保とうと無限に湧いて出てくるのだ。

「くそぅ、それじゃあ、我慢比べってことか！　──《弓技・疾風一陣》！」

俺は、盗賊ＮＰＣの動きを止めるために、【麻痺《まひ》】や【眠り】の状態異常《バッドステータス》を合成した矢を放ち、マジックジェムを撒《ま》いて後方を追ってくる盗賊を爆破や土壁で妨害する。

それでも盗賊ＮＰＣのステータスや反応レベルが高く設定されているのか、こちらの攻撃を回避してくるので、脱落させるのに手間が掛かる。

中々倒し切れない盗賊ＮＰＣたちが、ジリジリと馬車の包囲網を狭めていく。

馬車と盗賊ＮＰＣとの距離が狭まれば、投石紐から放たれる投擲《とうてき》物の着弾までの時間が早くなるということで──

「防御が間に合わ──　『『『きゃっ⁉』』』

馬車を牽《ひ》く馬に石弾が当たり、馬が嘶きを上げて暴れ始める。

御者台に乗る交易商ＮＰＣが馬を宥《なだ》めるが、蹌踉《よろ》ける馬に合わせて馬車も蛇行するように横に揺れる。

「ふはははっ……はっ？　なっ⁉」

馬車の二階に乗るセイ姉ぇたちが手摺りに摑まり、横揺れに耐える中、盗賊ＮＰＣに魔法を当ててテンションが上がっていたクロードは、手摺りから手を放していたために馬車から放り出されてしまった。

「ああ、クロっち!?」

リーリーが助けようと手を伸ばしているが、その手は届かずに、砂漠に落ちたクロードが後ろに流れていく。

「手摺りがあったし、落下防止のためにカラビナとか用意した方がいいかもね」

「マギさん！　それは、次があればの話ですよ！」

馬車から落ちて脱落したクロードを尻目に冷静な落下対策を口にするマギさんに、俺がツッコミを入れながら、接近する盗賊NPCを退けるために矢を放ち続ける。

その後、なんとか落ち着きを取り戻した馬たちは、安定した走りに戻り、距離を詰めていた盗賊NPCたちは攻撃の手を止めて徐々に離れていく。

「盗賊たちの動きが変わった？　もしかして……全員、第四ウェーブが始まるぞ！」

ミカヅチが大きな声を張り上げた通り、今まであった襲撃の合間のインターバルもなしに第四ウェーブに移行する。

俺は盗賊NPCを突き落とすために、弓矢やアーツを大分使ったために、MPの残りがやや心許《こころもと》ない。

距離を取った盗賊NPCたちは、今度は全員が投擲武器を取り出して構える。

「今度は全部が遠距離持ちか！　やっぱり、パターンが変わったな！」

投石紐を振り回し、弓を構える盗賊NPCが包囲網を狭めるのではなく、一定の離れた距離から攻撃してくるのだ。

それも狙いは馬車ではなく——

『ヴォォォォォォッ——』

「えっ？　あっ……」

突然、オトナシの騎乗していたキャラメル・キャメルが転倒し、オトナシが砂漠に投げ出される。

「クソっ、今度はオトナシがやられたか！」

『ギルマス、気にしないで。ラングレイと合流して僕も追い付くから。それと伝えたい情報がある』

走り続けているためにすぐに離れてしまったオトナシからフレンド通信越しの言葉が届けられる。

『キャラメル・キャメルの足に投擲物が絡《から》まって転んだ。だから、投擲物には気をつけて』

オトナシからのメッセージはそれだけ伝えられ、すぐさま全員に共有される。

そして、再び放たれた投擲物をタクが剣で絡め取るように受け止め、その正体を確かめた。

「こいつは、ボーラか！　第四ウェーブは馬車狙いじゃなくてプレイヤー狙いか、よ！」

投石紐《ひも》から放たれたのは、複数のロープの先端に丸石を取り付けた投擲物だった。

ボーラなどと呼ばれる投擲物は、投げられた勢いと共にロープに繋《つな》がる丸石が遠心力で回転しながら迫り、対象を絡め取る。

オトナシの騎乗しているキャラメル・キャメルは、ボーラによって足を絡め取られて転倒させられたようだ。

騎乗MOBのキャラメル・キャメルを守るために飛んでくる投擲物や矢を武器で叩《たた》き落とすために、近接プレイヤーのタクたちは盗賊NPCを攻めきれない。

それでも初見殺しのボーラで脱落したオトナシ以外、プレイヤー狙いの攻撃を防いでいるのは流石《さすが》トッププレイヤーたちだ。

更に、遠距離から投げられる物は、ボーラだけではなかった。

「クソ！　今度は火炎瓶なんかも投げて来やがった！　下手に叩き落とすと炎が広がるぞ！」

「瓶の中にあるのは【神秘の黒鉱油《くろこうゆ》】かぁ……砂漠エリアらしいアイテムだなぁ！」

反射的に遠距離から放たれる攻撃を叩き落とすだけではなく、何が飛んでくるかを瞬時に判断して対応しなければならない。

矢や石弾、ボーラなどなら叩き落とし、火炎瓶のような炎上する危険性がある物は、俺やセイ姉ぇのような遠距離攻撃持ちが空中で打ち落としていく。

「反射と速射での迎撃をしなきゃいけないのが辛《つら》い！　もう、止《や》めたい！　早く終われ！」

ジワジワと真綿で締められるように上がっていく難易度と忙しさに泣き言が零《こぼ》れてしまう。

「ユンくん、頑張ろう！　もう少しで砂漠を抜けられるから！」

そして気付けば馬車は、砂漠北のオベリスクの間近まで来ていた。

もう少し駆け抜ければ、砂漠エリアを越えて荒野エリアに入ることができる。

そこまで辿《たど》り着けば、きっと盗賊ＮＰＣたちも追っては来られないだろう。

「ユンお姉ちゃん、マギさん、危ない!?」

「っ!?　リゥイ――《透明化》！」

「リクール、そのまま力尽くで引き千切りなさい！」

泣き言を漏らす俺とそれを宥めるマギさんに投げられたボーラが迫る中、俺はリゥイの持つ【幻術】スキルで扱える《透明化》によって投擲物をすり抜けて回避し、マギさんはリクールの足に絡まったボーラを力尽くで引き千切って走り続ける。

「皆さん、このまま盗賊たちを振り切りますよ！」

馬車の御者台に乗る交易商NPCが首を巡らせて、俺たちに言葉を投げ掛けてくる。

「全員、エンチャント掛けるぞ！　《空間付加》《ゾーン・エンチャント》――スピード！」

俺は、残った面々と馬車に対して、速度エンチャントを掛けていく。

馬車は、最後の加速とエンチャントの速度上昇を受けて、一気に砂漠北のオベリスクの脇を通り抜けて、荒野エリアに突入する。

そして、追い掛けてきた盗賊NPCたちは荒野エリアの手前で乗っていた馬の歩みを止めて、馬たちが悔しそうな嘶《いなな》きを上げるのだった。

●

荒野エリアに入り、盗賊NPCの襲撃をやり過ごしたために馬車は速度を落とす。

そして、荒野エリアをゆっくりと進みながら、俺は愚痴を零していた。

「こんなに忙しいクエストだとは思わなかった。【アトリエール】に引き籠もりたい」

途中から襲ってくる敵MOBを倒す爽快感よりも、忙しさと鬱陶しさに不満が溜《た》まっていくのだ。

幸い、砂漠エリアで手に入れたプラチナや【神秘の黒鉱油】、デザートグラスの塊、各種宝石の原石、シチフクから貰《もら》ったサンフラワーなどがある。

気が済むまで【アトリエール】に引き籠もって生産活動をしたい。

「ユンお姉ちゃん、あともうちょっとで迷宮街だよ！　それまで頑張ろう」

「もっとポジティブなこと考えましょう。ほら、この護衛クエストの報酬とか……」

そんな泣き言を漏らす俺に、ミュウとマギさんが苦笑いを浮かべて励ます中、周囲で次々と異変が起こる。

『『ヴォォォォォォォッ――』』

突然、タクたちの乗っていたキャラメル・キャメルたちが足を止めて、一斉に鳴き出したのだ。

「う、うるさい……なんだ、これは！」

「な、なに、これは……」

騒がしさに耳を塞ぐ中、タクたちがキャラメル・キャメルの背から降りると、自由になったキャラメル・キャメルたちから今来た砂漠エリアに戻っていく。

一瞥《いちべつ》することもなく走り去って行くキャラメル・キャメルたちを全員が唖然《あぜん》としながら

見送る中、タクだけが理由に気付く。

「ああ、そうか。【砂漠駱駝《らくだ》の土焼き笛】の説明文に書いてあったな」

「タク、どういうことだ？」

「アイテムのフレーバーテキストに書いてあっただろ？　【砂漠エリア】限定で協力させることができるって。逆に言えば、砂漠エリア以外は協力してくれないんだよ」

「ああ、なるほど……もう荒野エリアだもんな」

キャラメル・キャメルたちがプレイヤーに協力してくれるのは、砂漠エリア限定だ。

そのために、荒野エリアに入ったことで、本来いるべき場所に戻ったのだろう。

「それじゃあ、ここからは……」

「俺たちは徒歩だな」

騎乗ＭＯＢを持つのは、俺とマギさんだけになり、他のみんなは全員徒歩で馬車に付いていかなくてはならない。

「俺とマギさんはどうしよう？　また馬車が速度出すならリゥイたちに乗ったままの方がいいだろうし、足並みを揃《そろ》えるなら、降りた方がいいよなぁ……」

俺がぽつりと呟《つぶや》くと、見計らったかのようにバキッと不穏な音が辺りに響き、ガタッと馬車が傾いて止まる。

「きゃっ⁉　こ、今度は、なに⁉」

「皆さん、一旦馬車から降りて下さい！」

馬車が傾き、上に乗っていたセイ姉ぇたちが馬車の手摺《てす》りから下を見下ろして原因を確かめる中、御者台に乗っていた交易商ＮＰＣが降りてくるよう促してくる。

「むむっ、これは……車輪が割れています。これは交換しないと走れませんね！」

「なんで砂の上を走っても問題なかった馬車が突然、壊れるんだよぉぉぉっ！」

砂に沈むことなく砂漠を疾走することができたファンタジー馬車なのに、なんで荒野エリアの何もないところでいきなり壊れたのだ。

そんなところに不都合な方向で、ファンタジーを発動させなくてもいいから！　と内心訴えてしまう。

「まぁまぁ、ユンお姉ちゃん落ち着いて。これはイベントだろうから」

「回避不可能な馬車の故障シチュエーションね。そうなると――」

メタな発言をしながら俺を宥《なだ》めるミュウに対して、マギさんは周囲を探るように見回す。

既に、タクとミカヅチたちも馬車を囲むように陣形を整え、、上空で旋回する不死鳥のネシアスが周囲を索敵している。

そして、みんなの予想通りに――

「皆さん！　私は、馬車の修理を行います！　その間、馬車を守って下さい！」

「やっぱり、そういう状況だよな！」

俺もリゥイから降りて、荒野を駆けてくる敵ＭＯＢを見つめる。

地上には、群れを作り集団でプレイヤーを襲うスカベンジ・ハイエナの集団が勢いよく走ってくる。

空では、ソニック・コンドルが上空を飛んでいる不死鳥のネシアスを追いかけ回していた。

「あの数は、シアっちだけじゃ無理だよ！　――《送還》！」

リーリーが不死鳥のネシアスを召喚石に戻すと、標的を失ったソニック・コンドルたちが次のターゲットを馬車の方に移す。

「そうはさせるか。《属性付加《エレメント・エンチャント》》――ウェポン！　――《弓技《きゅうぎ》・一矢縫《いっしぬ》い》！」

急降下してくるソニック・コンドルの動きに合わせて、強烈なアーツをカウンターで放つ。

強烈な矢の一撃を受けて空中で体勢を崩したソニック・コンドルは、錐揉《きりも》みしながら地面に落ちていく。

「なんか、ちょっと懐《なつ》かしいわね！　ユンくんたちと一緒に荒野エリアに行った時と同じね！」

そんな戦い方を見ながら、リクールから降りたマギさんは迫るスカベンジ・ハイエナを戦斧《せんぷ》で叩き斬っていく。

以前は、なるべく敵ＭＯＢを避けて荒野エリアで【カラクリ魔導人形】のパーツ探しやクエストをこなしたが、あの時よりレベルも上がり装備も強くなっている。

今では、比較的倒しやすい部類の敵ＭＯＢになっていた。

「今度は、馬車を守りながら時間を稼ぐのか！　護衛クエスト一つに、よくこれだけのシチュエーションを詰め込めたな！」

「まぁ、実際は他の護衛系クエストのシチュエーションの組み合わせだけどな！」

「次はどんなシチュエーションで敵が来るんだろうな！」

タクとミカヅチが軽口を叩きながらも迫るスカベンジ・ハイエナたちを二本の長剣で斬り捨て、六角棍《こん》で打ち据える。

俺としては、まだあるのか、と想像して若干げんなりしつつも機械的に敵ＭＯＢを倒していく。

全員で襲ってくる敵ＭＯＢを馬車に近づけさせないように立ち回る中、サポート役のリーリーも動いている。

「ねぇ、僕には【木工】センスがあるけど、馬車の修理を手伝える？」

積極的に戦闘に加われる隙がないリーリーは、壊れた車輪を直そうとする交易商NPCに話し掛ける。

その一言に交易商NPCは、手を止めずに答えてくれる。

「ありがとう。技能がなくても馬車を持ち上げる人手があれば、より早く車輪を交換することができるよ！」

その言葉を近くで聞いていたルカートたちは、第五ウェーブのテーマについてなんとなく理解したようだ。

「馬車を守る側と直す側でも、作業があるんですね！」

「今は、敵MOBを倒すだけで、精一杯だけどな！」

「こんな時こそ、人手が欲しい！　みんな早く追い付いて、修理を手伝って欲しいよね！って、うわっ⁉」

ルカート、ケイ、ヒノを襲ってくるスカベンジ・ハイエナを相手に戦う中、突然地面が爆《は》ぜて、大量のトゲが飛び出す。

咄嗟《とっさ》に飛び退《の》いた三人は、トゲを躱《かわ》して反撃で地面に剣を突き立てると、きゅぅ～という鳴き声と共に光の粒子が零れる。

「忘れてた！　ハリワナモグラが隠れていやがったか！　嬢ちゃん！」

「【看破】のセンスを持ってるのは俺だけだからな！　って言っても全方位をカバーできるわけじゃないぞ！」

ミカヅチに声を掛けられて気付いたが、ハリワナモグラは、地中を移動してくるために発見が遅れて不意打ちされることが多い。

【発見】系センス持ちが複数人いれば、全方位をカバーできるだろう。

だが、生憎《あいにく》とそうしたセンス持ちのガンツとトウトビ、それに採掘ポイントの発見などで使うだろうラングレイとオトナシも脱落している。

「私がハリワナモグラを引き受けます！　ですから皆さんは、《ライトウェイト》をお願いします！」

「っ⁉　分かった。――【ライトウェイト】！」

マミさんの意図に気付いたタクが、インベントリから【アトリエール】で買った《ライトウェイト》の魔法が籠められたエンチャントストーンを使い、それを見たミカヅチたちも同じく使っていく。

「ユンさん、エンチャントストーンを持ってないから掛けてもらえへんか？」

「ふふふっ、私もお願いします」

「了解。――《ゾーン・ライトウェイト》！」

エンチャントストーンを持っていなかったコハクやリレイたちには、俺が魔法を掛けたことで全員に《ライトウェイト》を掛け終わる。

その直後、杖《つえ》を地面に突いたマミさんが範囲魔法を発動させる。

「行きます！――《アースクエイク》！」

マミさんを中心に地揺れが引き起こされ、荒野を駆けてくるスカベンジ・ハイエナが地震でダメージを受けてスタン効果で足を止める。

だが、《アースクエイク》の魔法は、スタン効果もそうだが、対地特攻性能を持つ範囲魔法でもある。

それにより、地中に隠れるハリワナモグラたちを一掃することができるのだ。

「ハリワナモグラは移動が遅いから、これでしばらくは安全だろうな！」

「これで上空のソニック・コンドルとスカベンジ・ハイエナに集中できる！」

タクとミカヅチが攻撃の手を止めずに、辺りを見回してスカベンジ・ハイエナに優先順位を付けて的確に倒していく。

「本当に上手《うま》く倒すよなぁ……」

俺も負けていられないと思いながらソニック・コンドルを打ち落とす中、マギさんも今度はショットガンをライフルに換装して狙撃していく。

ふと、馬車はどうなっているか横目で確認すると、リーリーが交易商NPCと協力して、修理を行っていた。

交易商NPCが取り出したジャッキを設置して、リーリーが全力でハンドルを回して馬車を持ち上げる。

そして、交易商NPCの指示で修理道具を選び、壊れた車輪の留め具を順番に外し、馬車に積まれた予備の車輪を嵌《は》め込んで直していく。

敵MOBに襲撃される緊張感の中で、交易商NPCの補助を受けながらミニゲーム的な修理作業が求められ、その結果によって味方への負担も変動するのだ。

クエストを構成する要素一つ一つが丁寧に作られており、今まで感じていたクエストの忙しさや鬱陶しさにも意味があったのではないかと思ってしまう。

そして――

「よし、みんな、馬車が直ったよ！」

「直ったと言いましても、あくまで応急処置です！　先ほどのような全力は出せませんが、馬車は動きます！」

リーリーと交易商NPCの声を聞いて、セイ姉ぇたちが魔法の弾幕を張りながら、馬車の二階に乗り込む。

「リゥイ！　こっちだ！」

「リクールも戻ってきて！」

俺たちがその背から降りた後、俺たちの負担を減らすために、スカベンジ・ハイエナの一部を相手に戦っていたリゥイとリクールは、ピンと耳を立ててこちらに振り向いてくれる。

その際、隙だとばかりに襲ってきたスカベンジ・ハイエナをリゥイが後ろ脚で蹴り飛ばし、リクールは太い前脚を叩《たた》き付けるように爪で切り裂き戻ってくる。

「リゥイ、ありがとう。スカベンジ・ハイエナの一部を相手にしてくれて！」

「リクールもお疲れ様。でも、最後の最後まで気を抜かないで行きましょう！」

「ユンお姉ちゃん、マギさん、もう馬車走り出してるよ！」

それぞれのパートナーの首筋を撫《な》でて労《ねぎら》いの言葉を掛けている間に、魔法使い組が乗り込んだ馬車が走り出しており、俺とマギさんは慌ててリゥイとリクールの背に乗る。

それでも走り出した馬車の速度は、応急処置の状態なのでプレイヤーが歩く速度とあまり変わらず、すぐに追い付く。

これでは、すぐに敵ＭＯＢたちに追い付かれてしまうと思う中、一瞬毛を逆立てた敵Ｍ

OBたちが方々に逃げるように散っていく。

そして始まるのは、護衛クエストの最終ウェーブだった。

『――グォォォォォォォォォォォッ！』

「っ⁉ なんだ、なんの声だ⁉」

襲っていた敵MOBが一斉に引き、その直後に響く低い咆哮《ほうこう》に振り返る。

咆哮が聞こえてきた場所には、のっそりと巨大な人影が立ち上がっていた。

緑色の肌に、大きな一つ目、特徴的な下顎から上に突き出す二本の牙、頭には一本の角を生やして、石を削り出して作り上げたような棍棒《こんぼう》を持つ一つ目巨人――サイクロプスであった。

「ちょっと待て待て！ こんなMOB！ 荒野エリアにはいなかっただろ！」

見上げるほど大きな一つ目巨人に俺は、やけくそ気味な声を上げる。

「最初に襲ってきたアリと同じでクエスト用のMOBだろ！ このままだと追い付かれる！ とにかく応戦して攻略法を探すぞ！」

タクとミカヅチを先頭に、次々とサイクロプスに向かって駆け出し、攻撃を加えていく。

「――《雷炎爆打》！」

「――《パワー・バスター》！」

ミカヅチがサイクロプスの右足の向こう脛《ずね》に爆発を伴う打撃を放ち、タクは左足のアキレス腱《けん》に強烈な一撃を浴びせる。

その後にミュウ、マギさん、ケイ、ルカート、ヒノも駆け出して、一撃離脱のヒット＆アウェイを繰り返していく。

『――グォォォォォォォォォォッ！』

「上手く攻撃を躱してるなぁ。これは無理だわ、怖くて無理……」

サイクロプスは、一歩踏み出すと共に足下で攻撃しているタクたちを捕まえようと空いた手を伸ばし、また石の棍棒を振って薙《な》ぎ払おうとする。

そうした予備動作を機敏に感じ取るタクたち前衛は、距離を取り、またはサイクロプスの股下を通り抜けて避けていく。

登場時とはまた別種の苛立《いらだ》ちの咆哮を上げるサイクロプスは、その頭上のＨＰバーを僅かずつ減らしながらも、その歩みを緩めず徐々に馬車との距離を詰めてくる。

「ほら、ユンお姉ちゃんも早く妨害しないと、馬車に追い付かれちゃうよ！」

俺は、ミュウに促されて、我に返る。

サイクロプスの大きさに圧倒されていたが、タクたちに攻撃されて地味に痛そうなところを見ると少し同情しそうになりながらも、何だかやれそうな気になる。

「――《マッド・プール》！」

俺は、サイクロプスが一歩踏み出すために片足を持ち上げた瞬間、地に着く足下を泥沼に変える。

「ユンちゃんに合わせるわ。――《アイシクル・ロック》！」

「私も行きます！　――《マッド・プール》！」

更にバランスを取ろうと踏み込んだ先に生まれたマミさんの泥沼にも足を突っ込み、泥沼に埋まる両足首が氷に覆われていく。

俺の妨害に、セイ姉ぇとマミさんが上手く合わせてくれたのだろう。

そして、動きの止まったサイクロプスに対して、待っていた三人が大技を放つ。

「いくで、リレイ！　――《サンダー・ストーム》！」

「ふふふっ、私たちの合わせ技ですね。――《フレイム・サークル》！」

扇子を振るうコハクの雷を帯びた竜巻と杖を掲げるリレイの炎の輪が絡《から》み合い、互いに威力を増してサイクロプスに迫る。

対するサイクロプスは、緩やかに持ち上げた石の棍棒を力強く振り下ろし、迫る魔法を掻《か》き消す。

その余波の風圧が俺たちのいるところまで届く中、ミュウと馬車の上にいるミニッツがサイクロプスの目立つ弱点を狙う。

『『――《ソル・レイ》！』』

それぞれが異なる位置から同じタイミングで出の早い収束光線を放つが、明らかな弱点であるが故に、サイクロプスは一つ目を守るために掌《てのひら》で二本の収束光線を受け止める。

俺は、攻撃を防いだ後の隙を見逃さずに、静かに矢を放つ。

「――《弓技・一矢縫い》」

ふっと小さな吐息と共に放たれる黒い矢――【認識阻害】効果を付与する【シェイド濃緑染料】の塗られた矢は、掲げていた掌の指の間をすり抜け、静かにサイクロプスの瞳に突き刺さる。

『――グ、グォォォォォォォォォォッ！』

弱点である一つ目に突然の攻撃を受け、サイクロプスは片手で目を押さえて、荒野に膝を突く。

「相手が怯《ひる》んだ！　畳みかけろ！」

ミカヅチの号令と共に、怯んだ隙を全員で一気に攻め立て、サイクロプスのＨＰを勢いよく削っていく。

俺も次々とアーツをサイクロプスに放っていき、忙《せわ》しなさと鬱陶しさで溜《た》まっていたフラストレーションを一気に解消するような爽快感を感じていた。

体も大きく、モーションにも隙が大きい強大な敵MOBとの総力戦には、ちょっとした高揚感も感じていた。

そうして怯んだ隙にも馬車は、ゆっくりとだがサイクロプスから距離を取り、迷宮街までの距離を縮めていく。

「このまま、倒せるんじゃないか？」

そんな甘い考えが俺の頭を過《よ》ぎった直後、サイクロプスが咆哮を上げて立ち上がる。

『――グォォォォォォォォォッ！』

全力の咆哮が全方位に衝撃波を放ち、魔法が掻き消えて足首の拘束が砕け、追撃をかけていたタクたちを吹き飛ばして地面に転がされる。

「みんな、大丈夫⁉　――《ラウンドヒール》！」

ミニッツが範囲回復魔法を使い、吹き飛ばされた全員が立ち上がる中、怯みから復帰したサイクロプスもまた立ち上がっている。

『――グルルルルルルッ！』

サイクロプスは、弱点である一つ目を閉じて、獣のような唸《うな》り声を漏らしながら動きを止める。

「今だ！　――《剛弓技・山崩し》！」

どうにか動きが止まった所を見逃すはずもなく、俺はがら空きの胴体に向けて全力の矢の一撃を放つ。

『――ガァァァァァァァッ！』

そして、カッとサイクロプスの目が大きく見開かれたと同時に、一つ目に光が灯《とも》り、光線として放たれる。

その光線は、俺の放った矢を空中で焼き切り、そのまま俺たちの頭上を越えて、馬車に向かっていた。

「――っ!?　しまった！」

一つ目巨人を倒すことに夢中になりすぎて、護衛対象の馬車を守ることを忘れていた。

俺たちが放たれた光線の後を追うように振り返れば、馬車の上でセイ姉ぇが杖《つえ》を構えていた。

「――《アイスウォール》！　多重展開！」

セイ姉ぇは、馬車との射線上に無数の氷壁群を生み出す。

光線を受けた氷壁は一瞬で蒸発して穴が空き、貫かれるが、次の氷壁が受け止め、また次の氷壁と繰り返していく。

繰り返す度に、サイクロプスの光線が氷壁の屈折により乱反射されて弱まり、徐々に角度を付けて、狙いを逸《そ》らしていく。

その結果——セイ姉ぇの氷壁群でも全てを防ぎ切れず、弱い光線が馬車の側面を掠《かす》り、焦げ目を付けていく。

「はぁはぁ……危なかった」

「ははっ、危ねぇ……ナイスだ、セイ！」

セイ姉ぇが肩で息をし、ミカヅチが乾いた笑みを浮かべてセイ姉ぇの防御を讃《たた》える。

その一方で、全員がサイクロプスの一つ目から放たれた光線を見て、引き攣《つ》った表情を浮かべる。

俺たちが全員で掛かれば、サイクロプスに勝てると思っていた。

【蘇生《そせい》薬】があるために復活できる俺たちなら、サイクロプスに負けない安心感があった。

それを一つ目の光線の狙いと破壊力を見て、もし馬車に直撃していたらクエストが失敗していたことに思い至り、本当の意味での敗北——護衛対象の馬車の破壊を思い出した。

そうして、サイクロプスは、再び一歩また一歩と馬車に近づいてくる。

馬車を守るのを重視するか、それともこのままサイクロプスを攻め立てて押し切るべきか。

全員の中で色々な考えが渦巻き、それでも迫るサイクロプスを妨害しなければならない。

だが、先ほどまでの嬉々《きき》として挑んでいたタクたちの攻撃は、一つ目の光線を警戒して消極的になってしまう。

そんな妨害するタクたちを、サイクロプスは鬱陶しそうに振り払おうとする。

サイクロプスの掴《つか》み攻撃や石の棍棒の他に、歩行に伴う蹴りや足踏みの衝撃などを大きめに回避し、攻撃の予備動作を観察しながら、消極的な妨害を続ける。

『――グォォォォォォォォォッ！』

リゥイに乗った俺も、馬車とサイクロプスとの間で一定の距離を取りつつ矢を放ちながらサイクロプスの様子を観察して、こちらもできる手を打つ。

先ほどと同じように泥沼を生み出し、足下を凍らせて一歩を鈍らせるが、胴体や頭部を狙った魔法は、石の棍棒の振り回しによって掻き消されてしまう。

「怯ませるためには、強い攻撃を与えないと……」

サイクロプスの防御を崩し、一つ目に攻撃を加えるほどの隙を作るには、どうしても強力なスキルやアーツが必要になる。

だが、強力なスキルほど使用後の硬直時間が長く、その間に再び一つ目の光線が放たれれば、防御が間に合わずに馬車に直撃する可能性がある。

全員が最悪の状況を回避するために、消極的な妨害を続け、馬車との距離を維持している。

そんな鈍い動きの俺たちを一蹴するように突然、サイクロプスとの戦いの流れが大きく変わった。

「フハハハハッ——待たせたようだな！」

ブォォォォォッ——と断続的な風音がサイクロプスの後方から近づいてきて、場違いなほどの高笑いが響く。

「クロっち、みんな！」

荒野に砂煙を巻き上げながら爆走し、推進力の風音にも負けない高笑いに誰が戻ってきたのか分かり、笑みが零《こぼ》れる。

護衛クエストの途中で脱落していたガンツたちも、同じく脱落したクロードが持つホバークラフトで回収され、ここまで戻ってきたようだ。

そして、流れの変化に便乗したセイ姉ぇが馬車の上から声を張り上げる。

「私たちは、馬車の防御に専念するわ！　だから、みんな好きにやっちゃいなさい！」

今までサイクロプスの妨害を続けるのに、セイ姉ぇたちの魔法に頼っていたところがある。

だが、戦力が戻ってきたために、気兼ねなくサイクロプスに挑むことができる。

「このまま突っ込む！　衝撃に備えろ！」

「備えろって言ったって、無茶苦茶だなぁ！」

「まぁ、なるようになるでしょ……」

雰囲気を察したクロードの無茶ぶりに、ラングレイの悲鳴とオトナシの楽観的な言葉が聞こえてきた。

馬車しか眼中にないサイクロプスに向かって全速力で接近したホバークラフトは、そのまま膝裏にぶつかるように体当たりをする。

『――グ、グォォッ⁉』

ガクンと膝が曲がったことで前のめりに膝を突くサイクロプスに、ガンツとトウトビが背中を駆け上がり急所を狙っていく。

「よっしゃぁ、このままぶっ倒れろ！　――《紫電《しでん》落とし》！」

「……そこです。――《ハート・ピアサー》！」

ガンツは、頭頂部まで登り紫電を纏《まと》った踵《かかと》落としを一角の根元に振り下ろし、トウトビは、背中側から心臓の位置に急所の一撃を放つ。

『――グォォォォォォォォォォッ！』

思わぬ方向からの攻撃に膝を突いたサイクロプスは、怒りの咆哮《ほうこう》を上げながら背面にいる二人を捕まえようと手を伸ばすが、既に二人はその場から離れていた。

「さっきはよくも馬車を狙ってくれたな！　──《剛弓技・山崩し》！」

石の棍棒《こんぼう》を持つ右手は地面に突き、空いた左手はガンツたちを捉えようと背中側に回されて弱点の一つ目を遮るものはない。

二度目のチャンスに俺は、全力のアーツを放ち、その矢がサイクロプスの目に突き刺さる。

『──グォォォォォォォォォォォッ！』

「行くよぉ！　──《ナインソード・スラッシュ》！」

「はぁぁっ──《パワー・バスター》！」

二度目の弱点への急所攻撃にサイクロプスが再び怯み、ミュウとタクたちが次々と強力なアーツを放っていく。

「さぁ、巨人退治は昔から、体を縛り上げるのが常識だ！」

「気分は、ガリバー冒険記の小人たちってか！」

「作っておいてよかったね。アダマンタイト製の長い鎖……」

膝裏に体当たりしたホバークラフトが再び動き出す。

その後部からは、長く太い鎖が延びており、片端は地面に楔《くさび》と共に打ち込まれていた。

そして、走り出したホバークラフトが膝を突いたサイクロプスの周りを走って行くと、長い鎖がじゃらじゃらとその体に巻き付いていき、拘束していく。

両腕は鎖で押さえ込まれ、怯みから復帰した瞬間の衝撃波に備えて全員が退避する中、巻き付けられた鎖は軋《きし》みを上げるが、その体にしっかりと巻き付き外れない。

そして、両腕が押さえられているために——

「もう一度だ！　——《剛弓技・山崩し》！」

防御の要である両腕を鎖で拘束した状態で、怯《ひる》みから復帰して一つ目を開けた瞬間に、再びアーツの一撃が突き刺さる。

『——グォォォォォォォォォォッ！』

そして三度目の怯みに全員が攻め立てる。

流石《さすが》に、鎖による拘束は何度も繰り返せず、次の怯みからの復帰できっと壊されてしまうだろう。

だが、その前にタクたちが一気に攻め立てて、サイクロプスのＨＰをゼロにした。

「……ふぅ、終わった」

サイクロプスを倒して安堵《あんど》するが、普通のＭＯＢならばすぐに光の粒子となって消えるはずのサイクロプスの体は、荒野に倒れ伏したまま消えない。

「まさか、クエスト用のボスMOBだから、まだ何かイベントでもあるのか？」

訝《いぶか》しみながらサイクロプスの体を警戒する俺たちだが、次の瞬間に【看破】のセンスが強い反応を示し、サイクロプスの目がカッと見開かれて光を放ち始める。

「あ、なんか、やば……『――グォォォォォォォォォッ！』」

俺の呟《つぶや》きを掻《か》き消すように、サイクロプスが最後の咆哮を上げて光り輝く一つ目から無数の光線を放つ。

放たれた無数の光線は、四方八方を駆け巡り、その通過した場所が次々と爆発を引き起こす。

至近距離で攻撃していたタクたちは避《よ》ける間もなく光線を受けて爆発に巻き込まれる中、俺や馬車の方にも光線が迫る。

「っ⁉　――《送還》！」

大技のアーツを使ったばかりで硬直があり、更にMPもほとんど残っていないのでリゥイの幻術による緊急回避もできない。

咄嗟《とっさ》にリゥイだけでも召喚石に戻した俺は、迫り来る光線をその身に受けて、数拍遅れて引き起こされた爆発に呑《の》み込まれるのだった。

終章　最後っ屁《ぺ》と交易商の宝箱

サイクロプスの最期《さいご》に放たれた光線と爆破が直撃した俺は、真っ暗になる視界の中で【蘇生薬】の使用を選択して、起き上がる。

「全く、最後の最後であんな攻撃って、ありかよ。……あっ」

自分の頭を乱暴に掻こうとして、砂漠エリアから身に着けていた遮光ゴーグルが壊れていることに気付く。

他にも防具のオーカー・クリエイターやその上から羽織っていたマントの【夢幻の住人】も所々が破けており、最後の一撃で耐久度がかなり削られたようだ。

幸いオーカー・クリエイターの方には【自動修復】の追加効果があるのでジワジワと直り始めているが、【夢幻の住人】はクロードの店に修理に出した方が良いかもしれない。

「タクやセイ姉《ねえ》たちは、大丈夫かな？」

メガポーションを飲みながら辺りを見回せば、俺と同じように最後の一撃を受けて荒野に倒れたタクたちも蘇生薬で起き上がる。

全員、俺と同じようにボロボロになっており、クロードが操っていたホバークラフトなども光線と爆破により大破していた。

「まさかファイナルアタック持ちだったとはな。みんな仲良く道連れにされちまったな」

「笑い事じゃねぇよ。俺なんて剣が一本折られちまった。はぁ、マギさんに修理を頼むと幾らになるかなぁ……クエスト報酬が旨《うま》くないと絶対に赤字だぞ、これ」

サイクロプスによる盛大な道連れ攻撃を愉快そうに笑うミカヅチに対して、タクは珍しく涙目気味で肩を落としながらこちらに歩いてきている。

ミカヅチの言うファイナルアタックとは、俗に『死に際《ぎわ》の攻撃』やら『最後っ屁』などと呼ばれる攻撃のことだ。

敵MOBによっては、倒れた敵MOBの体が僅かに残り続けてその後爆発してダメージを与えてきたり、残った他の敵MOBにバフを掛けて強化してきたりする。

今回のサイクロプスの場合、プレイヤー全員に即死級のダメージを与えることだろう。

とはいえ反射神経のいいミュウやリクールに乗るマギさん、【潜伏】センスの《シャドウダイブ》によって緊急回避したトウトビは、光線を回避していたので、回避不能な攻撃ではないのだろう。

「そう言えば、セイ姉ぇたちは……」

俺が【迷宮街】の方を振り返り、セイ姉ぇたちの乗る馬車を探せば、馬車は止まり俺たちが合流するのを待っていた。

「みんな、お疲れ様！　最後の一撃は、なんとか防いだわ！　これで襲撃は終わりみたい！」

止まった馬車の上から届けられるセイ姉ぇの言葉に、俺たちの間で安堵の笑みが零れ、馬車と合流した。

サイクロプスの最後っ屁で防具はボロボロ、長時間の護衛クエストで精神的にもそろそろ限界に近かった。

「それにしても結構、馬車に攻撃受けちまってるなぁ……」

合流した馬車の側面を撫《な》でれば、最初は綺麗《きれい》だった馬車も幾度となく攻撃を受けた結果、傷つき煤《すす》けていた。

「クエスト、面白かったね！　特に最後が楽しかった！　またみんなでやろうよ！」

「受ける度に装備が壊されたら、大赤字ですよ」

「今回は、流れでサイクロプスを倒しちゃったけど、妨害して逃げ切る方が良かったかもねぇ」

ミュウの言葉に、ルカートが困ったように苦言を口にし、ヒノが護衛クエストの攻略法

について しみじみと呟く。

護衛クエストの第一ウェーブから第五ウェーブまでは、逃げ切ることで敵MOBをやり過ごしてきた。

最後のサイクロプスに対しては、今までのクエストのセオリーを踏襲しつつ、ここまで溜《た》まったフラストレーションを発散しやすい敵MOBが用意されていたようだ。

プレイヤーには、今まで通り時間を稼いで逃げるという選択肢の他に、馬車が逃げ切るまでの間に倒すという選択肢も与えられているようだ。

とは言ってもボーナスキャラではなく、クエストを失敗させる要素として高威力の光線やファイナルアタックなどもちゃんと盛り込んでいるので、一筋縄ではいかないのは実感した。

「サイクロプスを倒せば早期にクエストは終わるけど、最後の一撃が飛んで来ちゃう。妨害して逃げ切った方が、馬車の方は安全だよね」

最後の一つ目からの光線が馬車に直撃していれば、もしかしたらクエスト失敗になっていたかもしれない。

それを考えれば、リスクは少ない方がいいはずだ。

そんなヒノの考えを、俺は相槌《あいづち》を打ちながら聞いていたが、そこにマギさんも加わる。

「でも、ただリスクが大きいばかりじゃないみたい。サイクロプスの討伐でドロップアイテムが手に入っているわよ」

幼獣化したリクールを腕に抱えて嬉《うれ》しそうなマギさんは、メニューを確かめていた。

「えっ、あっ、ホントだ！　サイクロプスからアイテムがドロップしてる！」

マギさんの言葉に、俺たちもメニューを確認すれば、ユニーク装備がドロップしていた。

サイクロプスからドロップするアイテムは、【轟雷《ごうらい》の金杖《きんじょう》】【激流の三《さん》叉槍《さやり》】【宵闇の隠し兜《かぶと》】の三つの中から一つが手に入るようだ。

「俺は、【宵闇の隠し兜】だ。って言っても、どれも使わないなぁ」

「私も隠し兜だった！　うーん、真っ黒な頭防具かぁ……可愛《かわい》くない」

俺とミュウは、同じユニーク装備を手に入れたが、自身のセンス構成や戦闘スタイル、装備の好みからほぼ使わないコレクション用アイテムになりそうである。

その一方、槍の武器も使うヒノは、欲しい装備であるため――

「ボクは、金杖だった！　でも、三叉槍の方も欲しいんだよね。誰かボクに、【激流の三叉槍】を交換か売ってくれる人いない？」

「……まだクエスト報酬を貰《もら》ってないから、慌てなくても大丈夫ですよ」

早速、交換相手を探そうとするヒノに対して、トウトビが宥《なだ》めれば、そうだったと気付き交換相手を探すのを止《や》めるが、ユニーク装備欲しさにソワソワしている。

「それにしてもサイクロプスのドロップアイテムが、雷に三叉槍、隠し兜かぁ」

「うん？　クロードは、ドロップアイテムで何か思い当たることがあるのか？」

ドロップした隠し兜を早速取り出し、しげしげと見つめていたクロードの呟きに俺が尋ねると、隠し兜を観察しながら答えてくれる。

「ギリシャ神話のサイクロプスは、ゼウスに激しい雷を、ポセイドンに三叉槍を、ハデスに隠し兜を献上した逸話があるんだ」

ゼウスの雷の形状には諸説あるがそれらをモチーフにした武器なんだろうな、と言うクロードの言葉に、俺も含めて話を聞いていた人たちから、へぇと感嘆の声が漏れる。

そうこう話しながら進み、気付けば【迷宮街】に辿《たど》り着くことができた。

「皆様、お疲れ様です。護衛を引き受けて下さり、ありがとうございました」

恰幅《かっぷく》のいい交易商ＮＰＣ《ノン・プレイヤー・キャラクター》が馬車を止めて、俺たちに向き直る。

「いよいよ、クエスト報酬の時間だな。何が貰えるかな」

クエスト報酬への期待にニヤけ顔が止まらないミカヅチが代表して、会話を進めていく。

「まずは、基本報酬として、護衛代をお支払いします。皆様で報酬を山分けして下さい」

メニューで渡されたクエスト報酬を確認すると――１５８万Ｇと、一度のクエストでは大金だが、中途半端《ちゅうとはんぱ》な額のお金を手に入れた。

「158万Gかぁ。でもなんでこの額なんだ？」

「多分、クエスト報酬額を参加人数で山分けする形式だったんじゃないかしら？」

報酬額の158万にクエスト参加者の19人を掛けると3002万Gになる。

きっと元々の報酬額の3000万Gを人数で山分けした時、端数《はすう》を切り上げたためにこの額になったのだろう。

そして、続くのは本命のクエストアイテムの受け渡しである。

「私が用意できる物は、護衛の途中で売り物にならなくなってしまった物をお譲りするくらいです。馬車への被害が少なければ、もっと良い物をお譲りしたかったのですが……」

そう申し訳なさそうに言う交易商NPCの言葉に、タクが悔しそうにしながらぼやく。

「つまり、護衛クエストで馬車へのダメージがもっと少なければ、報酬のグレードが上がったってことか。ああ、悔しいなぁ！　もう一度やり直してぇ！」

「こらこら、メタい発言するなよ」

タクの発言に思わずツッコミを入れてしまう。

だが、確かに盗賊NPCの投石やサイクロプスの一つ目の光線が馬車を掠《かす》ったりして、ダメージを受けてしまった。

もし馬車を完璧に守り切ることができたら、どんな報酬が手に入るのか、と想像しながらも報酬を受け取る。

「報酬は、プラチナ製のアクセサリーかぁ。タクはどうだった？」

「俺も同じって言うか、全員同じじゃないか？」

プラチナのアンククロス【装飾品】（重量：3）
HP＋5％、DEF＋20、MIND＋15　追加効果：強化効果上昇（中）

素材はプラチナで統一されており、アクセサリーの種類は様々であるが、装備ステータスには特に際立《きわだ》った物はない。

だが、追加効果は1個か、2個付与されており、決まった範囲内でランダムに生成されるNPC産のアクセサリーのようだ。

「地味だけど嬉しいなぁ。どう使おうかなぁ……」

追加効果の【強化効果上昇】は、アイテムやスキルなどのバフ効果を底上げする物らしい。

自身のバフ効果のみを底上げするので、俺のエンチャントや強化丸薬《ブースト・タブレット》などのアイテム効果とも相性がいい報酬だと思う。

「やっぱり、メインのアクセサリーに効果を移し替えかなぁ。それとも新しいアクセサリーに付けようかなぁ」

ユニーク装備ではなくＮＰＣ産の汎用アクセサリーのために、【張替小槌《はりかえこづち》】で追加効果の移し替えが可能である。

そのために最近では、ＮＰＣ産の装備でも有用な追加効果があれば、その価値が大きく上がるのだ。

また、移し終えた素体のアクセサリーも炉で溶かせばプラチナインゴットになるし、身体系の状態異常《バッドステータス》耐性を強化する性質があるので、身体耐性系のアクセサリーに作り替えることもできる。

だが、約１６０万Ｇと汎用アクセサリーが一つでは、時間当たりの報酬がやや渋い気もする。

「それと最後にもう一つ――」

俺たちが互いにクエスト報酬で貰ったプラチナアクセサリーを見せ合い、性能を評価したり、互いに欲しい追加効果の物と交換したり、大体の相場を話し合ったりする中、まだ交易商のＮＰＣの話は続くようで全員が注目する。

「私の雇い主であるオアシスの女王陛下は、強者《つわもの》たちを求めています。もし有望な者を見つけたならば、オアシスの宮殿への紹介状を渡すように仰《おお》せつかっています。宮殿に御用がある際にはお使い下さい」

そう言って、最後のクエスト報酬として【オアシス宮殿への紹介状】という重要アイテムを手に入れた。

「なるほど、オアシスの宮殿に入るための紹介状が貰えるのか」

入り口が閉ざされており、近くで見上げることしかできなかった宮殿を思い出す。

護衛クエストの報酬は、少し渋いように感じたが、オアシスの宮殿にはそれを取り返すほどの何かがあると期待してしまう。

また、何もなくても思わぬ形で砂漠エリアの探索範囲が広がり、見上げるだけだった宮殿に入ることができるのを嬉しく感じる。

「それでは皆様。私は、しばらくはこの町で交易品を売り、オアシスに戻ります。また来月にでもご縁がありましたら」

「この護衛クエストは、マンスリークエストだったたってことか……ああ、完璧なクエスト達成だったら、何が手に入るのか気になる」

ミカヅチは、報酬のアクセサリーを手で弄《いじ》りながら、去って行く交易商を見送る。

そして、見えなくなったところで、改めて俺たちの顔を見回す。

「このままの勢いでオアシスの宮殿に行きたいけど……流石《さすが》にそろそろ時間か」

ホバークラフトのお披露目とポータル巡りから、少しの休憩を経て、長時間掛かった護衛クエストを終えたのだ。

流石に、そろそろログアウトして夕飯の準備などをしなければいけない。

少し名残惜しさを感じつつ、俺たちは解散してログアウトするのだった。

●

護衛クエストを終えて後日――OSOにログインした俺は、【アトリエール】のウッドデッキに並ぶ鮮やかな黄色い花を見上げていた。

「ついに咲いたなぁ……」

「もう少し経《た》てば、花が枯れて種を収穫できるようになりますよ」

ヒマワリに似た大輪の花――サンフラワーを見上げた俺に、キョウコさんはそう答える。

そんなサンフラワーを見上げながら、種が取れたら一部は【蘇生《そせい》薬・改】用の素材として加工し、残りは次の栽培用に植える計画を立てていると、腰辺りを小突かれる。

る。

「おっ⁉　リゥイか、いきなりでビックリした」

振り返ると幼獣状態のリゥイがブラシを咥《くわ》えながら、額の角をグリグリと押しつけてくる。

「リゥイ、痛い、痛いって！　ブラッシングして欲しいのは分かったから」

俺がそう答えると、分かればいいと言うようにリゥイは一歩後退《あとずさ》り、咥えたブラシを渡してくる。

その後ろには、ザクロもおり、期待の籠った目で見上げてくる。

「ザクロもブラッシングして欲しいんだな。順番だからな」

まずは、リゥイから丁寧にブラシを掛けて毛並みを整えていく。

砂漠横断や忙《せわ》しなかった護衛クエストを労《ねぎら》うように丁寧にブラッシングをすれば、気持ち良さそうに目を細める。

そして、ブラッシングを十分に堪能《たんのう》したリゥイは、植木鉢で咲くサンフラワーの花……と言うより花の中心の種になる部分をジッと見つめている。

そういえば、種は食べられるし、少しだけ食用に取っておいた方がいいかも、などと思いながら椅子に座り、膝の上に乗ってきたザクロにもブラッシングをする。

「キュ〜ッ」

「ザクロ、ここが気持ちいいのか？」

のんびりとザクロの体をブラッシングする中で、ふと俺の使役ＭＯＢになったイタズラ妖精のプランのことが気になる。

同じようにリゥイとザクロと一緒に構ってくれ、と騒ぎ出すかと思ったが、現れることなく穏やかに時間が過ぎていく。

「そう言えば、プランはどうしてるんだろうな？」

俺がそう呟《つぶや》くと、傍《そば》で畑に水遣《や》りしていたキョウコさんが教えてくれる。

「プランさんなら、あちらで花の受粉を手伝ってくれてますよ」

キョウコさんが教えてくれた先には、試験的に設置した養蜂箱の上に座るイタズラ妖精のプランがいた。

プランが指先を振るうと、養蜂箱にいたミツバチたちが飛び出し、花々の間を飛び回り、受粉の手伝いと花粉の収集を行っている。

「ああやってミツバチたちに指示を出すことで、花の受粉のお手伝いをしているんですよ」

「へぇ、そうだったのか」

ゲーム的に言えば、ミツバチに指示を出したことで、栽培系アイテムや養蜂箱からのアイテム収穫量上昇などの効果があるのかもしれない。

特にそうしろ、と命じたわけではないが、プランは自主的に楽しそうにやっていた。

俺に気付いたプランが小さな手を振ってくるので、ブラッシングする手を止めて手を振り返すと、ニコニコと嬉《うれ》しそうにしながら腰掛けた養蜂箱の上で足をパタパタさせている。

その後、勢い余ってコツンと養蜂箱を踵《かかと》で蹴ってしまったために、怒ったミツバチたちに追いかけ回されるプランを見て、申し訳ないがクスッと笑ってしまう。

「おーい、ユンはいるか？」

そんな穏やかな時間を過ごしていると、【アトリエール】の店舗の方からタクの声が響いてくる。

「タク、こっちにいるぞー！」

ウッドデッキから声を掛けると、タクがやってくる。

その後ろには、ガンツたちいつもの面々が集まっており、軽くこちらに会釈《えしゃく》したり手を振って挨拶をしてくれる。

「おっ？　これがサンフラワーか！　綺麗《きれい》なヒマワリが咲いたな！」

「それで、何か用なのか？」

鉢植えで育ったサンフラワーを見上げるタクに尋ねると、そうだったと用件を思い出す。

「これから第二の町の周辺エリアの探索に行くけど、ユンも一緒に行かないか？」

「うん？　第二の町の周辺？　タクの適正レベルじゃないよな。何か新しいクエストでも見つかったのか？」

「いや、目的はないな。ただ、シチフクたちが一周年のアップデート後に孤島エリアで【サンフラワー】を見つけただろ？　だから、既存エリアにも新しく追加されてないか探しに行くんだよ」

そう言われて俺は、なるほどと納得するも、誘ってくれたタクには申し訳ないが断ることにした。

「悪いな。少しは興味があるけど、【アトリエール】でやらなきゃいけないことが沢山あるからな」

砂漠エリアで手に入れた様々な素材の処理をしなければならない。

オアシスから流れる川から見つけたプラチナの礫《つぶて》をインゴット化する作業に、【神秘の黒鉱油《くろこうゆ》】の使い道の模索、砂漠エリアで手に入れた宝石の原石の研磨と仕分け、砂漠やピラミッドで倒した敵ＭＯＢのドロップアイテムの整理、壊れた遮光ゴーグルの修理など——

むしろ、生産職としては、ここからが本番である。

「そっか。まぁ、残念だけど、生産職として頑張れよ。俺たちも、なんか新しい素材を見つけたら、ここに持ってくるな」

「ああ、楽しみにしてるよ」

そうしてタクたちを見送り、話している間も続けていたザクロのブラッシングが終わる。

俺の膝から飛び降りたザクロは、リゥイと一緒にお気に入りの桃藤花《とうとうか》の樹《き》の下で寝転がり、そこにミツバチに追われていたイタズラ妖精のプランも加わり、お昼寝を始める。

見ているだけで幸せな気持ちになる光景に、俺も木陰で昼寝すればどんなに気持ちがいいだろうな、と思う。

だが直前に、タクから頑張れと言われてしまったからには、頑張らないわけにはいかない。

「よし、今日は【アトリエール】に籠って色々と調べるかなぁ……」

自分の頬《ほほ》を軽く叩《たた》いて気合いを入れて、【アトリエール】の工房部に向かっていく。

ただ、息抜きする時には、リゥイとザクロをモフモフして癒やされるくらいは良いよな、と想像し、それをモチベーションに素材の研究をするのだった。

—ステータス—

NAME：ユン
武器：黒乙女《くろおとめ》の長弓《ながゆみ》、ヴォルフ司令官の長弓
副武器：マギさんの包丁、肉断ち包丁・重黒《じゅうこく》、解体包丁・蒼舞《そうぶ》
防具：C　S《クロード・シリーズ》　No.6オーカー・クリエイター（夏服・冬服・水着）

アクセサリー装備容量（3/10）
・フェアリーリング（1）
・身代わり宝玉の指輪（1）
・射手の指貫《ゆびぬき》（1）

予備アクセサリーの一覧
・夢幻の住人（3）
・園芸地輪具《エンゲージリング》（1）

・土輪夫《ドワーフ》の鉄輪（1）
・ワーカー・ゴーグル（2）

所持ＳＰ《センス・ポイント》56
【魔弓《まきゅう》Ｌｖ42】【空の目Ｌｖ45】【看破Ｌｖ51】【剛力Ｌｖ20】【俊足Ｌｖ42】
【魔道Ｌｖ47】【大地属性才能Ｌｖ35】【調教師Ｌｖ23】【料理人Ｌｖ28】
【付加術士Ｌｖ25】【念動Ｌｖ20】【急所の心得Ｌｖ20】【炎熱耐性Ｌｖ7】
控え
【弓Ｌｖ55】【長弓Ｌｖ46】【調薬師Ｌｖ39】【装飾師Ｌｖ13】【錬成Ｌｖ20】【泳ぎＬｖ26】
【言語学Ｌｖ29】【登山Ｌｖ21】【生産職の心得Ｌｖ41】【潜伏Ｌｖ13】【身体耐性Ｌｖ5】
【精神耐性Ｌｖ15】【先制の心得Ｌｖ21】【釣りＬｖ10】【栽培Ｌｖ24】【寒冷耐性Ｌｖ1】

・イタズラ妖精がプランという名前を得て、【アトリエール】に加わった。
・砂漠のオアシス都市と東西南北のポータルを全て登録した。
・砂漠のピラミッドの奥で壁画の秘密の一端に触れた。
・蘇生《そせい》薬の制限解除素材【サンフラワーの種】を手に入れ、栽培に成功した。

・交易商ＮＰＣから【オアシス宮殿への紹介状】を貰《もら》った。

あとがき

初めましての方、お久しぶりの方、こんにちは。アロハ座長《ざちょう》です。

この本を手に取って頂いた方、担当編集のOさん、作品に素敵なイラストを用意してくださったmmu《エムエムユー》様、また出版以前からネット上で私の作品を見てくださった方々に多大な感謝をしております。

OSOシリーズは、現在ドラゴンエイジにて羽仁倉雲《はにくらうん》先生作画によるコミカライズ版を掲載しております。コミカルでキュートなコミック版のユンたちの活躍や可愛《かわい》い姿を見ることができます。

砂漠エリアをテーマに扱ったOSO20巻は、楽しんで頂けたでしょうか。

今巻は、過去一番で大変な執筆だったと思います。

最初は、砂漠エリアをテーマに上下巻で仕上げようとプロットを構築しました。

そして、いざ執筆し始めるとなんか違うという感じがして、担当編集のOさんと何度も相談して、プロットを修正しながら執筆を続けました。

幾度も迷走を続けた結果、上下巻予定だった物を単巻にしました。

20巻という大台では訪れたエリアを全て描くのではなく、読者の皆様もやってみたい、訪れてみたいと思うような余韻を残しつつ終えるのが、ＯＳＯらしさだと思いました。

その過程で、何度も納得のいかない展開の書き直しを繰り返し、その度に余計な時間を掛けてしまいました。

カットした内容も、砂漠エリアを扱った20巻には不適切だっただけで、楽しい内容となっております。

また何かの機会に私が納得のいく形で、皆様に公開できればと思います。

これからも私、アロハ座長をよろしくお願いします。

最後にこの本を手に取って頂いた読者の皆様に、改めて感謝を申し上げます。

二〇二一年　二月　アロハ座長

富士見ファンタジア文庫

Only Sense Online 20

—オンリーセンス・オンライン—

令和3年3月20日　初版発行

著者——アロハ座長《ざちょう》

発行者——青柳昌行

発　行——株式会社KADOKAWA
〒102-8177
東京都千代田区富士見2-13-3
0570-002-301（ナビダイヤル）

印刷所——株式会社暁印刷

製本所——株式会社ビルディング・ブックセンター

※定価はカバーに表示してあります。
●お問い合わせ
https://www.kadokawa.co.jp/（「お問い合わせ」へお進みください）
※内容によっては、お答えできない場合があります。
※サポートは日本国内のみとさせていただきます。
※Japanese text only

ISBN978-4-04-074027-0 C0193　◇◇◇

切り拓け！キミだけの王道
ファンタジア大賞
原稿募集中！
賞金
《大賞》300万円
《金賞》50万円
《銀賞》30万円
選考委員
細音啓 「キミと僕の最後の戦場、あるいは世界が始まる聖戦」
橘公司 「デート・ア・ライブ」
羊太郎 「ロクでなし魔術講師と禁忌教典《アカシックレコード》」
ファンタジア文庫編集長
前期締切 8月末日
後期締切 2月末日
公式サイトはこちら！ https://www.fantasiataisho.com/
イラスト／つなこ、猫鍋蒼、三嶋くろね